JN309742

自閉の子 太田宏介30歳

これからもよろしく

太田 實
OHOTA MINORU

花乱社

装丁／design POOL

OHTA KOUSUKE

太田宏介作品

1

1994-2001

［構成：龍　秀美］

スイミング（四ツ切　1996 夏）　２歳くらいから水泳は得意だった。友達と一緒に大きくのびのびと泳いでいるのが宏介くん。プールサイドで見ている人もいる。よほど楽しかったらしく，サインの代わりに「えがお」と書いてしまった。

クワガタ（メス）［左］・**クワガタ（オス）**［右］（四ツ切）　飼っていたクワガタが，ものを食べている時の触覚の動きや、木にしがみついているツメの先などを観察しながら描いた。最初のＴシャツになった作品。

無題（黒い画用紙にクレパス／四ツ切　1994.4）　初めての抽象画。先生によれば，この頃は物を観察して描くことはできなかったので，色を中心にしたらと思い，好きなように描いてもらった，という。純粋に内面から出てきたかたち。

さかな（四ツ切　1996 夏）「マリンワールド海の中道・魚の絵コンクール」で入賞した作品。

ワタリガニ（四ツ切／割りばしペンに水彩　2000冬）生きたワタリガニを魚屋さんに頼んで手に入れた。宏介くんはいつも下書きはしない。直接，墨をつけた割りばしペンで線を描いた後，絵の具で色をつける。

こうすけ

アカミミガメ（四ツ切　1997.12）　このカメは顔に黄色い線がある。宏介くんは全身に模様を及ぼしてしまった。

南方のくだもの（四ツ切　1992）　宏介くんは黒が好きだ。必ずいくつかの色を混ぜて作るコースケ・ブラック。色彩を感じさせる黒だ。グレーはピンクとブルーを混ぜて作る。エイブルアート・ジャパン主催の「ワンダー・アート・コンテスト2001」に入選した作品。

秋の静物（四ツ切　1999）　スペインの革製のワインボトルと豆の花。

自画像（四ツ切　1999 春）先生が，鼻は耳の位置にあるのよ，と言ったら線を引いてしまった。いつものアトリエにあるものたちに囲まれて。

ベゴニア（四ツ切　1998.8）思いきりぐいぐいと描いたベゴニア。個展のとき，とても評判の良かった作品。このあと「何か変わったね」とみんなが言った。

スイカのある静物（四ツ切　2000夏）　9月，福岡市美術館企画「ナイーブな絵画展」にルソー，ピカソなどと共に展示される。

汐くみかごと貝がら（四ツ切　2001.4）　沖縄で神木とされるクバの葉で編んだかご。舟に入った水を汲み出すもの。

シンビジウム（四ツ切　2001.4）「ママ，今日は絵，絵をかくよ！」。この数カ月間，切り絵でひどく苦労したあとの作品。達成感と開放感からか，今までと違った立体感が出ている。

ハコフグと貝がら（四ツ切／ペンに水彩　2000）

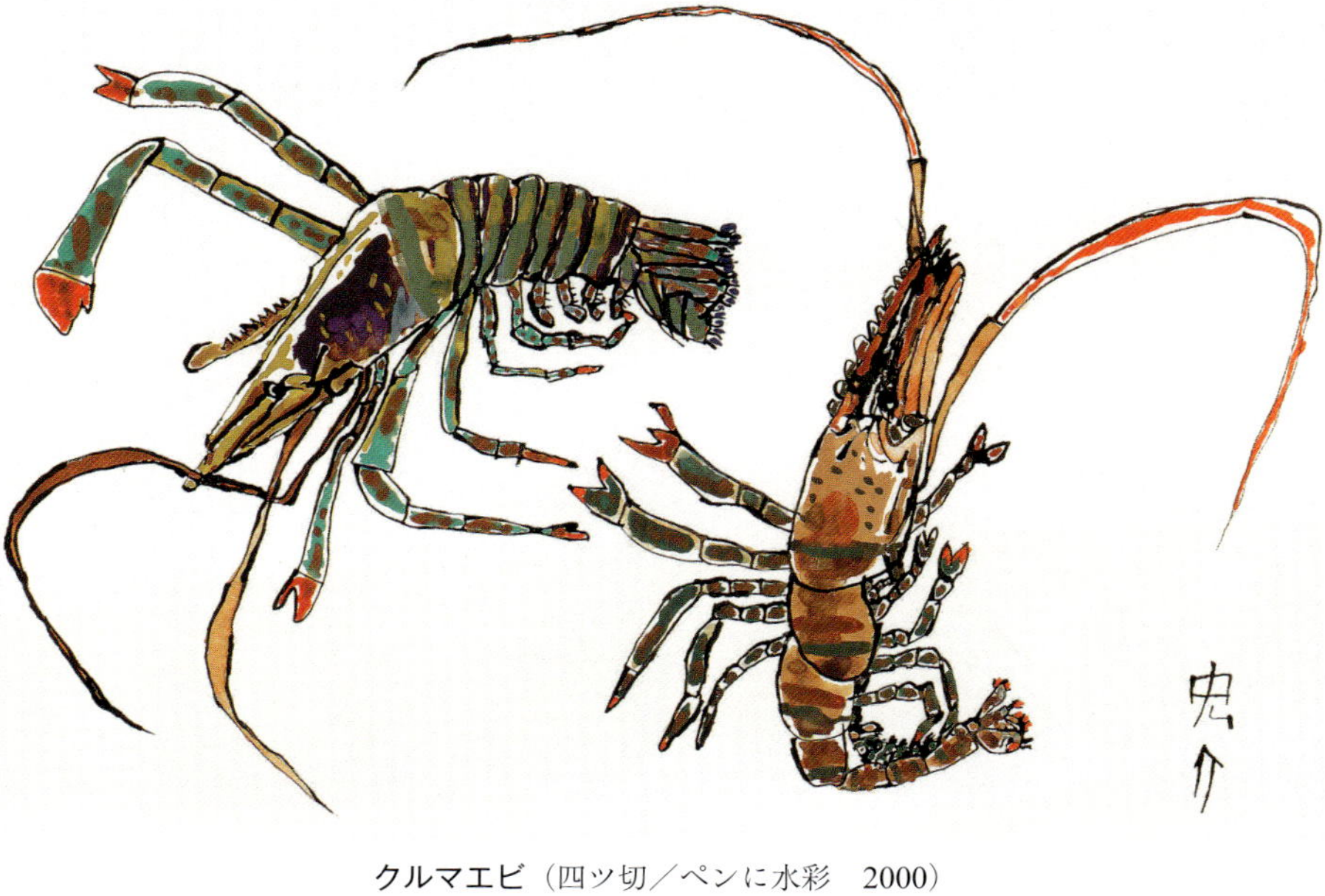

クルマエビ（四ツ切／ペンに水彩　2000）

キリン（八ツ切／切り絵　2001.2）　切り絵は絵の具を使うより，ずっと根気と集中力がいる。ひとつひとつに力を込めて切るので，終わるとひどく疲れるようだ。

水仙とマトリョーシカ（八ツ切／切り絵　2001.4）この時はマトリョーシカの目玉が，ほんの少しだったがちぎれてしまった。そのことを誰にも言えなくて一晩ポロポロ泣いた。翌日ようやく原因が分かった先生が裏からノリで貼り付けてやると，安心してどんどん乗ってきた。出来上がったときのニコニコ顔。仕事をていねいにやる分，壁にぶつかったときのショックは大きい。

開かれていく感覚　序に代えて

龍　秀美

この本のサブ・タイトルである「これからもよろしく」というフレーズを、私はずっと、外部に向けてのあいさつと思っていました。

実はこれは本文の最末尾にある一文なのですが、校正をしている途中で不意に、これは著者である父・實さんの宏介さんに対するあいさつなのだということに気づきました。

そのとき私は「やっぱり實さんにこの本の執筆を勧めて良かった」と思いました。

障害の子を持つ親は、誰もが初めはショックを受け、混乱や現実を受け入れられない状態をくぐりぬけて次の行動へと導かれていくものだと聞きます。しかし、障がい者を支える家族の中心になるのは母親が多く、父親が積極的に出てくる場面はいまだに多くはありません。

太田家もその例にもれなかったようですが、父・實さんは、永年宏介さんと向き合ううちに少しずつ分かってきたものがあったと言います。それは閉ざされていた自分自身の心が、宏介さんの成長とともに開かれていく感覚でした。この本の読者の方々はこの追体験を一緒にすることになるでしょう。

だから、父は息子にあいさつするのです。

「宏介、これからもよろしく」

太田宏介さんは重度の知的障害を持つ自閉的傾向を持って生まれましたが、小学生のときから造形教室に通い始め、その才能を伸ばしてきました。

その背後には、ご家族はじめ多くの周囲の人たちの支えがありました。姉・ひとみさんが作り、父・實さんが文章を書いたブログもそのひとつです。このブログは大変評判が良く、もっと読みたいという声が寄せられてこのエッセイ集が生まれるきっかけになりました。

そのほか、この本には五年前に刊行された第二画集（『太田宏介作品集Ⅱ　未知の可能性を求めて』）から、永年絵画指導に当たってこられた松澤先生を囲むアートに関する鼎談《ていだん》を転載しました。障がい者のアートはその人の持って生まれたものにとどまり、成長することはないという通説に疑問を投げかけるものです。

巻頭と中ほどには宏介さんの作品の中からエポックとみられる作品を選んで入れております。二十年にわたる膨大な画業のほんの一部ですが、個性の一端に触れていただけることと思います。

私は實さんの勤めていた印刷会社の同僚で、ご一家とのおつきあいは四十年になります。ご縁で宏介さんの第一画集（『太田宏介作品集』）、第二画集、そして今度はこのエッセイ集の編集をさせていただきました。

あらためて宏介さんに関わるご縁を持った私たちも、ここでごあいさつしたいと思います。

「宏介さん、これからもよろしく」

二〇一一年　盛夏

（詩人・編集者）

自閉の子・太田宏介30歳❖目次

I　宏介からの発信

もの言わない宏介

宏介が大声で泣き出した。車両全員の乗客の目が私と宏介に集中している感じ。火がついたように泣くとはこのことかと思う。

私が三十七歳、宏介があと一カ月で二歳の誕生日というゴールデンウィーク、電車の中でのこと。

私と宏介、二人でオバアチャンの待つ熊本に帰るところだ。二日市から国鉄（当時は国鉄ね、当時の表現で書き進めるつもりなので、今だと差別用語になっている言葉もこの後に多々出てくるはず）に乗ったら満員。立ったままで電車に揺られたのだけど、初めての経験だったので宏介の号泣となった様子。

逃げるようにしてその車両を離れ、車両と車両の連結している場所へ移動。何がこわいのか泣く原因が分からないけど、とりあえず座ることにした。後年、若者が駅や電車の中またはお店の前でやっているあの座り方ね。私と宏介は二十八年前、すでにあの座り方を先取りしていたことになる。

そうこうしていたら泣きやんだ。ヤレヤレと思ったが、あの座り方って疲れるね。そこで持っていた週刊誌の表紙と本文カラーページをホッチキスではずしてバラし、オシリに敷いてメデタシ、メデタシとなった。私はモノクロページを読み、宏介はめずらしいのだろう、車両の連結部分をジッと見つめている。規則正しい揺れや音が心地良い。

この時はこれで終わった。後で、宏介からのあれは発信だったのか、と思ったけどね。

それまで宏介は電車、バスに乗るのは大好きだった。特に西鉄バス。ただ、乗った時は必ず座れたので事なきを得ていたのだと単純に考えていた。もうすぐ二歳なのに言葉が遅いのが気がかりだったけど、長女ひとみも長男信介もかなり遅かったので、そのうちにというぐらいに軽く考えていた。両親もすごく無口(?)だしね。

実際は宏介に限らず、長女にしろ長男にしろ、子育ては愛子さん任せ。愛子さんとは、私の愛する子というか女性で、私の妻であり宏介の母である。いつもは「オイ」とか、他人と話をする時は「カミさんが」と言うけれど、ここでは敬意を表して「愛子さん」とする。

本当は私がこの文章を書くのって不適任と思う。宏介が二十歳になるまでは全くと言ってよいほど宏介と関わったことがない。何をしていたかというと、愛子さんの言葉によると「私はマージャン未亡人でございます」ということになる。

その頃、マージャン・メンバーが会社にかなりそろっていて、一番よく集まるメンバーは、私を除く三人が北九州方面。福岡市南部の会社から一番遠くは遠賀川、近くは古賀からのメンバー。夕方六時三十分現地集合で、十一時までのつもりでやろうとするのだけど、まず六時三十分にジャン荘にいるのは私一人ということが多い。高いビールを飲みながらひたすら待つ。十分後に一人、二十分後に一人、四十分後、どうかしたら一時間後にやっと始まる。当然私は不機嫌。ビール一杯が二杯になっている。最初から七時始まりとすれば近くの角打《かくうち》で安く飲めるのに、とブーイング。角打って、立って飲む酒屋のこと。

始まりが遅くなって、アッという間に十一時。そこで帰らないと北九州方面は翌早朝になってしまう。何が何でも「また明日すればよい」と帰ってしまえばいいのだけど、何となくグズグズして(特に負けている人は）そのまま続行、徹夜マージャンとなる。

よくしたもので、北九州方面の三人はお酒を飲まない・飲めない人たちで、翌日は家にちゃんと帰っていく。ところが私は、翌日は徹夜マージャンの時にあまり飲めなかった分を取り返しに飲みに行く。帰りは最終で、あわや午前様というのがしばしばだった。後年、長男が誰かとの会話で「俺はお父さんの普段着姿を見たことない」と言ったりしていた。つまり生活は背広かパジャマで済むっていうことらしいけど、確かにそうだった。

そんな状態だから、宏介のことも全く無関心というか無頓着だった。二歳の誕生日祝いの時も「まだしゃべらんねエ」という感じ。そう言えば愛子さんは「子供たちの誕生日の日とクリスマス・イブは夕食に間に合うように帰ってきてね」と言っていたな。愛子さんはクリスマス・キチガイ（キチガイも差別用語だよね）。


宏介が障がい児と分かったのは、後日、愛子さんに「家庭内インタビュー」して初めて知った。

宏介の言葉が遅いのを近所の奥さんが気づかって、「今度、三歳児検診があるから受けてみたら」と言われたらしい。宏介が二歳三カ月の時だった。そんなことも小学校であってたんだね。そこで「児童相談所に行きなさい」と言われたそうだ。「らしい」とか「そうだ」が多いのは、後で愛子さんから聞いた話だからいたしかたない。

児童相談所で「中度の知恵遅れ、大人になったら重度になる」と言われた。

「知恵遅れ」って今は言わないよね。「知的障がい児（者）」と言う。私は「知恵遅れ」の方が好き。何かこう、やさしい感じがする。「アホ」とか「バカ」も言い方しだいだけど、ニュアンスとしては悪くはないと思う。

愛子さんは児童相談所を出て公衆電話を使い、会社にいる私に電話したらしい。その時私は一言もしゃべらなくて無雑作に電話を切ったそうだ。何しろ無口だからね。

ショックだったな——知恵遅れ。そういう子や大人を、電車の中などでよく見かけはするんだけど、子供はだいたい美男・美女が多いよ、小さい時って。しばらくはきちんとしていても二分、イヤ一分ぐらいすると奇声を発したり身体を揺らしたり落ち着きがない態度となって、障がい児だなと分かるね。

自分とは全く別世界だと思っていた。「うちは三人とも、もちろん宏介も障がい児でなくてよかった」と思ったりしていた。障がい児（者）に対して、そうでない人を健常児（者）と言うんだってね。「健常」という言葉、宏介の父になって初めて知った。「私は健常者なんだ」——果たしてそうだろうか、と寝酒を飲む時にポツンと思ったりする。そんな時は「なかなかリッパな健常者だ」とひとりごとを言って寝につくよ。

施設に通う

児童相談所からは、精神薄弱施設（この呼称もなんだかなあと思うけど、愛子さんに確認を取った）に通うよう勧められた。幸い車で十分とかからない所にその施設があって、愛子さんは児童相談所に行った翌日訪ねたと言っている。その施設で、宏介の先生から「一度大学病院できちんと診てもらったら」と勧められて久留米大学病院に出かけた。その時私はフテクサレていたが、シブシブついていった。診断の結果は「自閉的傾向にある」。そして宏介の場合、「染色体の4と5（数字がアブナイが）が逆になっている」だって。

「今の医学ならその逆になっているのを正常にもどすのってできるでしょう?」と私は言ったりしたんだけどね。ちなみに、私の記憶が正しければだけど、この染色体が一本多い子がダウン症らしいけど、違ってるかな?

このあたりのこと、記憶違い、勘違い、知識不足を補うべく調べたり問い合わせをしたりしてきちんとした文にしなければならないのだけど、それをやっていると多分私の場合、20×20の原稿用紙が何時間かけても埋まることはない。ダウン症と染色体の件、まちがっていたらゴメンナサイ。

とにかく施設に通うことになった。愛子さんが毎日送り迎えをしていたと思う。

「何の因果でうちの子が」の思いが強くなって、私のマージャンと酒の日々はよりひどくなっていく。

ヤケ気味だったな。宏介に限らず長女、長男もホッタラカシだった。すぐ赤くなるけどそれからが結構飲めてちゃんとしていた酒も、飲んで愛子さんに悪態をついたりし、しかも翌朝記憶がないといったふうだった。宏介は現在通っている作業所で、何かの集まりではちょっと飲んだりするらしいけど、家では全然飲まない。愛子さんいわく「あの頃のアナタのトラウマよ」だそうです。

この頃、熊本のオバアチャンが七十歳になったのを機に古い熊本の家を処分して我が家にやって来た。横道にばっかりそれるけど、ここでも発見あり。「なったのを機に」と書いているけど、最初は「期に」としていた。時期の期ね。そう思って書いたけど、何か違う気がして『現代国語表記辞典』で調べたら「機会」の機なんだね、随分長いことまちがって覚えていたんだね。この辞典は意味を載せているのではなく表記例を載せている。その分漢字が大きくて見やすい。意味を確認する必要がある用語は使わなければいいから、見やすいが最優先。もっともパソコンなるものだとちゃんと漢字に変換してくれるんだってね。便利なものだろうな、私はダメだけどね。

オバアチャンは熊本で独り暮らしをしていたけど、老朽化した家の心配もあって同居を早めた。本人は友達もいて近所づきあいもいい、熊本であとしばらくはと思っていたらしいけど、「台風がくるたびに心配だぜ」という言葉が決め手となってシブシブやってきた。

このオバアチャンが大活躍する。私と愛子さんは共働きなので、宏介の世話をライフワークとするかのごとく面倒をみてくれた。これは感謝あるのみ。

宏介は施設にはすぐなじんだみたいだった。この頃は奇声を発し、少しもじっとしておらず歩き回っていたな。このじっとしてなくて歩き回るのはこの子たちの特徴の一つかな。後年、養護学校高等部にお世話になった時の運動会でもそういう生徒がいたものね。歩き回るのをかなり年配のお母さんが疲れた様子で追いかける。私は、ほっとけばいいのにとひややかに見ていたけどね。

ここでお世話になった先生とは、二十数年経った今でもおつきあいがある。もう二年前になるかな、西新で宏介の個展をやった時も観に来てくれて、「家を新築したので」と宏介の絵を買ってくれたりした。

先生のことなど

この先生を始め小学校の担任の先生方ともおつきあいを続けてもらっている。年賀状のやりとり、個展の案内、必ず来てくれる。そんな時、「宏ちゃんは？」と聞かれるけど、宏介は個展会場にはほとんどいない。会場近くの本屋さん、DVD、CDのお店を捜すといいそうだけどね。

本当を言うと、私は先生って人種は大嫌いだったな。宏介の姉、兄の先生については何も覚えていない。

この先生大嫌いは私自身の小学生の時のトラウマ。

うちのオバアチャン――私の母は、新聞社勤めだった父と小倉に住んでいたんだけれど、終戦の年の十二月に父が亡くなる。三歳になったばかりの兄とおなかの中にいた私とは熊本の実家に里帰りした。実家は両親とも先生あがりで、まあソコソコの生活はできていたのかな。それでもやはり自活するために職に就かねばと思ってはいたようだ。

兄が小学校に入学した時、母は給食の世話をする人を募集しているのを知る。先生あがりの父、私のジイさんのコネもあったのか、小学校一年生の兄の学校で「給食のオバサン」として働き、私たちを育てることになる。その頃、昭和二十五年ぐらいかな、熊本では給食が始まった様子。お百姓さんのところの子が持ってきてくれた野菜次第では「急にメニューをノッペ汁にしたよ」とか言っていた。私も同じ小学校に入学したけど、ゼンザイとかお気に入りメニューの時は、帰りにも給食室に寄ってオヤツ代わりに食べていた。給食のオバサンの子にはこんな余禄《よろく》があったな。

先生あがりのジイサン、バアサンは先生という職業を天職と考えていたようで、孫である私と兄の両方もしくはどちらかは先生に、と思っていたらしい。兄は高校野球の名門熊本工業に進み生産の現場に就職したので、私を先生にとの期待はますます強くなったようだ。


長い前置きになったのだけど、私の先生大嫌いの話だったよね。

理由の一つは、今もあるだろうけど先生の家庭訪問だった。当時の熊本では各家庭で先生にお酒を出していた。酒グセの悪い先生がベロンベロンに酔って、仕上げというかあるいは酔いざましというか、最後に給食のオバサン宅にころがり込む。随分だらしない感じが今でも忘れられない。担任の先生ではなくて、他の学年の先生だったり、とにかく酔っぱらいだった。おかげで先生に対する尊敬の念は全くない。

そんなある夜、酒の仕上げ用に給食のオバサンが出したビールを「ミノルはナマイキ」と頭からかけられたことがあった。これは決定的だったな。反面教師として、酒は飲んでも飲まれるな。飲むなら酔わないぐらい強くなれ。と思ったけどね。でも、考えるとかなり酔っぱらいだった時もあったな。

もう一つは先生のエコヒイキ。給食のオバサンの子は、マアマア勉強のできる子だったし、その頃は目がクルっとしてカワイかったしね。給食のオバサンの子でなくてもエコヒイキされたかもしれないけど。とにかく嫌いだったな、エコヒイキされるのは。

こんなことがあった。作文を書くことがあってテーマが「プールができた」だったと思う。

私の書いたのが選ばれたのだけど、私の原文に四割ぐらい朱が入っている代物となっている。これにはアキレタな。「プールができて鬼の首を取ったように嬉しい」という文がある。小学生が喜びを「鬼の首を取る」なんぞ表現するかねェ。第一カナヅチだった私はそんなに嬉しくなかったはず。

以上、先生大嫌いの弁、お粗末。

でも、障がい児宏介が誕生して先生のイメージが変わった。宏介に関わられた先生と呼ばれる方々を尊敬し感謝している。本当にお世話になったと思う。宏介愛されていたもんね、先生方から。

コスモス学園でのエピソードにこんなことがあった。お遊戯会があるので練習に一生懸命の先生と仲間を尻目に、宏介はサボッてばかり。これは先生のグチで聞いた話かな。多分、ひたすら歩き回っていたんだろうね、奇声をあげて。そうそう、この頃は少しはものを言うようにはなったのかなあ、よく覚えてはないけど。でも、会話はできずオウム返しばかり。

ところが、本番の時は私も愛子さんもオバアチャンも観に行ったんだけど、バッチリ決まっていて先生の方がビックリされたぐらい。

この本番に強いというのは現在にも続いていて、重度の障がい者であってもどうかすると軽度の障がい者や健常者の兄よりしっかりした挨拶をしたりするよ。

考えると、私は宏介のこと全く無関心、無頓着と書いてきたけど、このお遊戯会にも行ってるし、マアマアいい父親ぶりしてるかもね。基本的にはやさしい心の持主である、私は。

こんなこともあった。西鉄バスに乗ってダイエーに行く。ここのクレープというのかな、これを食べるのが宏介大好き。私はコーヒー。

そこにいたらどこかで見たことのあるオバサンが来て、「ここの席いいですか」と言う。他の席も空いているのにね。「ダメ」とは言いにくいので「どうぞ」。後から連れの女の子が来てコスモス学園の仲間と分かった。

そのオバサンいわく、「ご主人はよくお子さんと出かけられますね、園でも、こうしてここでも電停でも、二人でおられるの見かけます」。「私の主人は全く相手してくれない、嫌っているみたいです」とグチをこぼされる。その女の子は軽度のようで、挨拶もちゃんとできるし、宏介と比べたら雲泥の差だ。

私は「男親ってだいたいご主人のような方が多いのでは。体裁が良くないし、恥ずかしいし、何でうちの子が、とウラミもあるし」と言ったら、「そうでしょうけど、貴方は違うでしょう」と喰いさがられる。「イヤ、私もカミさんが土曜、休日関係なく仕事に出かけるのでやむなくですよ」と答えた。

この関係——障がい児と男親との関係、これはその後、現在の作業所まで二十五年ぐらいになるけど、いつもそう。男親はあんまり出てこないね。

私の感じだと、どんな場合も男親が出てくる確率は一割ぐらいかな、一割無いかも知れない。

お母さんが少し暗い感じで出てこられる。男親にグチの一つも言いたいだろうけどね、お母さんは。

男親には世間に対してカッコ悪いと思う気がある。私も、長女、長男は会社のソフトボール大会などに連れて行ったりしたけど、宏介はその気にならなかったものね。出てくる一割に満たない男親だけど、出てくるこの男親は非常に育てるのに熱心な人ばかりで、感心する。仕事もバリバリ。土曜・休日は子育てバリバリ。やむなく、の私とは大違い。親しくなってその心意気を聞かせてもらい、学習しようと思ったけどね。その時は「何か変、男親の子育て熱心は」という気がして放棄した。

こんなこともあったな。これは悪い話。その同じダイエー前でバスを待っている時のこと。小さな女の

丘経由
大利駅

子が何かグズって大泣きしていた。お母さんは知らんふり。その泣いてる女の子を宏介がチラチラ見てるなと思った瞬間、ツカツカと近づいて女の子を押した。

幸いというか、アッという間だったので女の子もお母さんもキョトンとし、宏介は逃げるようにしてダイエーの中に引き返した。私は、宏介とは赤の他人のふりして宏介の後を追う。事無きを得たけど、私は強いショックを受けた。

「こいつは被害者にもなるだろうけど加害者にもなる」

長女、長男は勉強はできんけど、そう悪い子でもなくイジメにもあわなかったようで、「親はなくても子は育つ」ように育ってくれたけど、「宏介は、これは厄介だ」と嫌悪感すら覚えた。一バス遅れて乗った西鉄バスの後部座席に座ったら、何となく涙が出てきた。

宏介はバスに乗れて嬉々としている。

スイミングと宏介

このコスモス学園には二歳三カ月から通園したのだけど、この時代に宏介はスイミングと出会う。コスモス学園の近くのスイミングクラブが、月一回、人の少ない時間帯を選んでコスモス学園に開放してくれた。宏介はこの時から現在まで、二十七年間スイミングを続けている。とにかくやり出したからにはやるってことだが、自閉的傾向の最たる傾向かもしれないな。

これを書き進めていくとこういうことは多々出てくるはず。毎日二分間、愛子さん推奨の美顔器でのお肌の手入れとか、毎食後、つまり日に三回の歯みがきとかね。私もマネしようとしている。美顔器は私も毎晩風呂上がりにやっている。お肌の手入れというより、ヒゲそり負け防止だけどね。私も自閉的傾向があって、継続は力なりと思っている。歯みがきはこれはマネできていない。部分入れ歯が一本あって朝は絶対磨かんといかんのだけど、今の時間(午前十時三十分)磨いていない。昼食後は必ず磨こう。

コスモス学園を卒園してからも、つまり小学校に入ってからも、日曜日に宏介は大好きな西鉄バスと電車を乗り継いでスイミングに通いだした。このバスと電車には私がつきそい。泳いでいる間、イヤ泳ぎじゃなくて、落ちつかずに歩き回るのがタタミの上か地ベタから水の中に変わっただけで、とにかく運動にはなっている様子。私は土曜日買った週刊誌二冊を持参。これさえあれば待つ時間は少しも気にならない。活字中毒的傾向もあるな、私は。

こんなことがあった。会社からの帰りの電車に乗ったら、読もうとした週刊誌がないのに気づいた。同僚にもう読んだからとやってしまったのを忘れていた。どうしたと思います？　正解は次の駅で降りてランダムに夕刊を買って次の電車を待つことになった。もちろん夕刊を読みながらね。家に帰ったら新聞受けに入っているであろう夕刊を。その同僚も同様のことがあったらしく、車両の中の広告を全部読んで回ったりしたと言っていたな。

コスモス学園に月に一回開放してくれたこの気の良いスイミングクラブは、気の良さがわざわいして(?)ツブれてしまった。宏介に聞くと、続けたい様子。だけど会話にはならない、オウム返しだから。「プールに行きたい？」と聞けば、「行きたい」と応える。「宏ちゃん、食べものは何が一番好き？　カレーライス？」と聞くと、「カレーライス」と応えるに決まっている。できるだけオウム返しにしないようにせめて三択で、食べものの例だと「カレー、ハンバーグ、スパゲティ、どれが好き？」とかね。これでも一番最初の品名を応える傾向はあるようだけどね。

こんなこともあったな。何年生の時か忘れたけど、長女のひとみ姉ちゃんがプールに連れて行くことになった。日曜日だったかな。私は家で寝ていたから徹夜マージャン明けか宿酔《ふつかよ》いか、その二つの合併症だったと思う。突然、救急病院から電話がかかってきて「〇〇病院です。保険証を持ってすぐに来てください」。

タクシーですぐに出かけた。後でお姉ちゃんの話で分かったのだけど、お姉ちゃんがバスの中で気分が悪くなり倒れたかどうかしたみたい。貧血かなんかはっきりと今は覚えてないけど。とにかく終点まで行ってそこで救急車を呼んでくれて病院へ、といった次第。

「弟さんですかね、何も応えてくれません」と看護婦さん。当時は「看護婦」さんだった。部屋に入ったら、その光景に感動したな。お姉ちゃんはもうかなり落ちついていた。ベッドの側に宏介が座っている。ポツンとイスに座って、いかにも付き添いですという感じで。自閉的傾向の宏介だけどね。困ったことに極端な病院嫌い、それはスゴイもんだよ。小学五年生になった時に愛子さんが長期入院したんだけど、この時も宏介は病院に行かなかったものね。その宏介がベッドの側で神妙にお姉ちゃんのお役に立つようにポツンと座っている。これには私も寝不足の目に涙。

宏介が次に行き出したスイミングクラブは、指導者がランク別にいて昇級していくといったクラブ。「ハイ十五級です」、「こんど昇級テスト頑張ってね、十四級目指して」というふうなシステム。時々のぞくことがあるんだけど、宏介は欲がないというかテストの意味が分からないのか、いつも最下級のクラスでバタ足の練習などしている。仲間はまだ幼稚園にも通っていないぐらいの幼児たち。かなり肥えて大きな宏介をオモシロがってジャレたりオンブしてもらいたがって、宏介は胡散くさそうではあったな。

隣の一階級上のクラスに目をやると、先月まで宏介のお仲間だった幼児が〝出世〟して次のステップの練習に励んでいる。

そのスイミングクラブもツブれてしまった。スイミング、水泳だけにミズモノなのかな、このお仕事は。よくツブレるよね。

その後、家から歩いて通えるクラブに行くようになった。ここには昨年まで通った。随分後のことだけど、このプールでは五〇メートル位はクロールで泳げるようになったみたい。私よりは泳げるかな。

ここで事件あり。宏介が女性に触れたという。まあ、オバサンであれ水着だからね。オバサンからのブーイングがあった。クラブの女性の話だと、ワザとではなく宏介がヨロけたアクシデント風とのこと。でも、クラブの男性責任者の人からはオシカリを受けた。「続くようであれば、やめてもらうことになります」。とにかく平謝りした。「しばらく付いて来ましょうか、見張りのつもりで」、「それには及びません」。こういうこともあるので、外に一人で出していると何かとリスクを負うことって覚悟しておかねばね、大げさでなく。警察から電話とかの覚悟とか。

現にスイミングがらみで警察から会社に電話があったことがある。警察はさすがに「○○警察ですが」とは言わないんだね、交換には。本当の姓かどうか怪しいけど、「田中ですが、太田さんを」とか、意識してよくある姓を名乗っているのではと疑っている。いかにも友達ですよ、という感じね。この呼び出し方はサラ金も同じ。

警察からの電話は「太田さん、お父さんですね、宏介さんの」で始まった。「何かやったな、宏介」と思った。「ご自宅で待ってますので、帰ってきてくれませんか」とノンビリした感じだったので、私もタクシーを使わず早退して電車とバスで帰った。

家に着いたら、少し離れた所にミニのパトカーが停まっており、私を確認すると二人の警察の人が家に入ってきた。宏介は二階で玄関のところにいる私たちをうかがっている様子。「この絵は宏介さんが描かれたのですか」などとフレンドリー。私の方から「で、内容は?」なんて言う。宏介が通っているスイミングスクールとは別のスイミングスクールで痴漢行為あり、とのこと。そのスクールのスタッフから「変な男がニコニコして窓越しにのぞいている」と通報があったから、出かけてとりあえず保護(?)した。

「痴漢」とオバサンが騒いだけど、そうではなさそう。知的障がい者だと分かった。自宅への道をちゃんと教えてくれた、と状況説明あり。

「分かりました、それで？」と私。この際、何かとお騒がせな宏介に警察はコワイと思わせる絶好の機会と思って、「二階から宏介を連れてきますので叱ってください、きつくね」と言ったけど、「誤解のようですからこれで」と逃げるようにして帰られた。他人から、しかも警察から叱ってもらえば少しは治るかと思ったけどね。ちょっと残念だった。私や愛子さんが叱るとかえってというか、より一層やる、というふうになる。

また宏介はなかなかのマゾで、叱られるように、叱られるように、仕向ける技を使うことがある、私や愛子さん、通っている作業所のスタッフに。年に一回、「工房まる」でオーナー、スタッフ、親とで面談する日がある。最初の部分ではメンバーつまり宏介もいて、これからの一年、何をやりたいか聞かれ、宏介は「絵を描く」と答えるな。その後に宏介抜きで雑談。何かの話からかオーナーと私が期せずして、「宏介はマゾだもんね」と言ったことがある。注目してもらいたいのか、「殺すぞ、コラとか悪い言葉使っているよ、シカッテ、シカッテ」という感じかな。

このプールのぞき見事件には理由ありだった。その頃、プールももちろんだが、いろんな器具も備えた大型ジムができて、駅前で髪の長い美女がさかんにチラシやウチワを配り宣伝していた。宏介ももらっていたし、私ももらった。私がもらった時に「困ったな」と思った。宏介好みの美女だったのでね。案の定、宏介はチラシを持ってきて「コレ、モラッテキタ」。ここで「行きたい？」と聞けば二つ返事オウム返しで「行きたい」となるから、はっきり「遠いし、ウチワくれたお姉さんはあのプールの人ではないよ」と言った。

「遠い」が決め手だったのかな、この件はスンナリ納まったと思ったが、宏介としては「遠い」がダメなら、いつも電車を乗り降りしている駅周辺のスイミングクラブを「視察」した結果、のぞき見、痴漢容疑となった次第。宏介にとっては遠くも近くもケチがついたようで、プール選びはそれっきりになった。

私としても変態、痴漢と思われかねない新しいクラブに通うのはノーだな。

ピカピカの一年生

言葉は単語を並べる程度で会話とはならず、奇声を発しつつ歩きまわる状態の宏介が、小学校に進むであろう時が来た。

とにかく通知待ちというか、連絡待ち。

長女ひとみと長男信介は、団地のすぐ近くにあるD西小の卒業生。また横道にそれるけど、長女ひとみはD西小の一期生。少子化といわれる現在と逆で、いわゆる団塊ジュニアという、戦争から帰ってきたオジイチャンを持つ子供たちはすごい数。現にひとみのお父さん、つまり私は昭和二十一年生まれ。「戦争を知らない子供たち」の一期生かな？

ひとみが幼稚園に入園する時がすごかったな。卒園したら仲間たちがD西小に進む幼稚園への入園受付手続するのに徹夜で並ぶ必要ありという。もう一つ家に近い方の幼稚園は隣の市なので当日楽に受け付られる、しかし隣の市だから仲間とは同じ小学校には行けない、ということだった。市の境目は家と一〇〇メートルもないものね。愛子さんは「徹夜して並んでね、ただでさえ他人《ひと》見知りの強いひとみのために」と言う。「徹夜マージャンは得意だし好きだけど、そんなバカな受付に徹夜するのはイヤだ」と私。結局、当時大学生だった愛子さんの弟がアルバイトの形で徹夜して愛子さん希望の幼稚園に入園できた。

他人見知りの強い長女、私が「ひとみ」と名前をつけたのがイカンかったかなと反省したりした。ひとみが生まれる時、私は男の子が欲しかったので男の子の名前のみ用意していた。そこで女の子、愛子さんの第一声が「(女の子で)スミマセン」。こんな健気《けなげ》な奥さんだったんだぜ、愛子さん。今はどうしたものかなあ。私はあわてて大好きな男性作家・山口瞳から拝借して「瞳」とつけるつもりになった。それで届け出に行ったら「この漢字は人名につけられません」と言う。ビックリ、ガッカリした。そんなことってあるんだね。「漢字にこだわるなら日登美とか」、「イラン世話!」。話にならないので逆上気味に「平仮名で結構」と言って現在に至る。この後、十年もしないうちに瞳も、もっとも要望が多かったというこずえ=梢も漢字で名前つけてよくなったみたい。色々あるんだよね、世の中には。

ひとみが幼稚園に入る時の、もっとさかのぼれば宏介の入学の話だったよね。もう一つだけ横道にそれると、その頃のわがD市は全国で九位の市町村となったよ。何の数字での九位かというと、一年間での人口の伸び率。つまり家を建てたり、建売り買ったりしてD市に住む人たちが増えたんだね。ベスト・スリーは、千葉、埼玉、神奈川県などの市。ひとみの入園難はそんな影響あり。

ここで軌道修正します。宏介にはそのD西小への入学連絡が来ない代わりに、5号線バイパスを越え、JRを越え、西鉄大牟田線、県道を越えたところの、特殊学級を備えたM小から健康診断の通知が来た。ちょっと通学遠いな、愛子さんの車の送り迎えが必要だな、厄介だなと思った。一方で「特殊学級へとのご配慮、ありがとうございます」という気もあったよ。私にはこれがいつ頃のことなのか、四月入学ということから逆算すると二月末なのか三月なのかはっきりしない。ここで愛子さんに確認をとる。健康診断イコールそこへの進学というのは秋の話だったという。そんな早い話だったのかと納得。それだとその後の話とツジツマが合う。

Ｍ小での健康診断があって、その後校長先生との面談があり。宏介はありのままの行動を取り、校長先生の顔をしかめさせる。

宏介の行動、つまりキーキー奇声を発し動き回り、自分より小さい子を噛んだり最悪で、ある意味正直。校長先生いわく「うちの特殊学級でも難しいかも、養護学校がいいかも」と言われたそうだ。愛子さんも当然かとも思ったらしいが、それでもＭ小の特殊学級には進学できるという状況になった。

このへんは私は全くあずかり知らぬことで、愛子さんからの後日の聞きとり調査。宏介が養護学校高等部を卒業する十八歳までの出来事は「愛子さん、貴女が書いてよ」と叫びたいけどね。どこかで愛子さんの出番を作ろうかな。生の声を伝えましょうね、いずれかの機会に。

ところが、Ｍ小特殊学級からのご招待状をいただきそこでの健康診断を済ませたにもかかわらず、愛子さんはお姉ちゃん、お兄ちゃんと同じようにＤ西小の普通学級に進ませたい、それが宏介のためにもなると言いはる。宏介のＭ小での面談で最悪だったのを承知の上での、Ｄ西小への進路希望。

元来、全てに楽観主義の愛子さん。宏介のことでも「明日があるさ」という感じ。対して全てに悲観主義の私。宏介のことでも「ウロチョロするから座敷牢《ざしきろう》でも造ろうか」という感じ。ホラ、あるじゃない、楽観論者はドーナツ自体を見るが、悲観論者はドーナツの穴を見る。すごい性格の不一致。性格の不一致を離婚の原因としていいなら、我が家はいつでも離婚できるなあ。一方で私が愛子さんと同じ性格なら気色が悪いけどね。落ち着かないなあと思う。不一致で良しとする点は多々あるよ。そんなこんなでその年、つまり小学校入学前年は終わった。

ひと冬を越えて春の入学待ちといったところかな。高校野球だと秋の大会で準決勝まで進んだらすんなり春の選抜大会に行けるよね、九州ブロックは。しかし関係各位は、実際に発表があるまでドキドキだろうね。待っている間、選手はもとより他の生徒のイタズラで内定を取り消されることってあるからね。スリリングだろうな。この期間、そんな感じ。

宏介問題はどうなったかというと、ある時というか当然の約束事というか、コスモス学園で進路希望を聞くという日があって、楽観的な愛子さんは勇んで出かける。悲観的な私の出番はなし。

愛子さん、M小特殊学級行きの切符を持っているのに「D西小に進学させたい、家の近所の子供たちと一緒がいい」と言う。切符はあっても聞かれたら言うよね、希望だから。一年生に進む子供は宏介を含めて五人。

園長先生いわく「D西小普通学級に進んだら、親も子も苦労するのって目に見えている」と。

私がその日出かけていたら「そうですね、やっぱりね」と言ってD西小普通学級に進む話は終わっていただろうな。

でも、愛子さんの希望は希望として取り上げないわけにはいかず、表面では何の音沙汰もなく「どうなったのかしら」という日々だったが、水面下で大変だったことを後で知った。

ある日、二人の男性が訪ねて来られた。「M小に進学される宏介君のお父さんですね？　宏介君のことで来ました」とのこと。学校の先生だった。「で、用件は？」と私。当時、私は宏介のこと、厄介だと思うし嫌いだし、宏介がらみのことって関わりたくないし投げやりだった。「で、用件は？」もかなり険のある言い方についなってしまう。「今、宏介君は校区外のM小特殊学級に進まれるようですが、D西小に進ませることを考えられたことってありませんか？」と先生。「D西小には特殊学級ないでしょう？　どうにかM小特殊学校に進めそうになったんですよ」と私。とにかくオカミからのおたっしには従順な私。「地域の子供たちと同じD西小に進学させられませんか？　普通の学級に」と先生。「もう決まったことですから」と私。いったん決まったことを変えるのを嫌がる自閉的傾向の私。「特殊学級では読み書きは少しできるようになるかもしれません。でも地域、地域の子供たちとの交流がもっと大事なのでは」と先生。「D西小の普通の学級に進めるんですか？　宏介が」と懐疑的な私。

先生方がどういう立場で来られてこういう話になってきたのかよく分からないので、失礼だけど私としてはサグリを入れるという態度を取った。ボンヤリと日教組の運動の一つかなと思った。外出していた愛子さんが帰ってきて、先生方はご苦労にもまた同じ話をされる。

ダンナと違って愛子さんの反応はすこぶる良く、なりゆきで先生方と愛子さんとで話は進む。最後は「奥さん、この件は強気で押し進めることです。宏介君の後の子供たちのためにも」ということになった。

さあ、これからが大変だった。D市教育委員会からのお呼び出し。教育委員会は首尾一貫、「宏介の面接状況、ＩＱなどからM小特殊学級が適材適所である、宏介君のためにも」。

愛子さんから「貴男、強気よ強気」と後追しされて、「M小特殊学級でいいんだけど」と内心思いつつ、「やはり地域の学校の普通学級がいいです、宏介のためにも」。まあ、基本的にはこのやりとりで何度も何度も教育委員会に足を運んだよ。

ところが、教育委員会からの要望というか、特殊学級にとにかく進みなさいという話があんまりくどいので、悲観主義者であり肥後モッコスであってなおかつ天邪鬼《あまのじゃく》なところがある私は、どんどん強気になっていった。あんなにどうでもよかった進路のことが、最後の方では何の脈絡もなく「何が何でもD西小入学だ」となった。

このへんの「説得」って難しいよね。「特殊学級の方が同レベルの仲間がいて授業も充実してますよ」とか言われたら案外ね、M小特殊学校に進んだかも知れない。

愛子さんは愛子さんで、平行線を続ける対教育委員会とのやりとりで「私共があくまでもNOと言ったらどうなさいます」と言われて、「D西小の前にテントを張って訴え続けます」と言ったんだって。イヤなオバサンだよね。教育委員会に同情するよね、二十三年経った今でも。

後で考えると、このへんは大変な岐路になったんだろうけど、どちらが良かったかは分からないね。何故ならM小特殊学級へ行かなかった、経験しなかったからね。選ばなかったもう一つの道って常にあって、その後の生き方にどうかかわるのかこればっかりは分からない。

こっちの道を選んで良かったと思う人、思える人は幸福。悲観主義者もかくありたい。

コスモス学園を卒園したその日にD西小の校長先生が自宅におみえになって、「D西小に入学してもらいます」というようなことを言われたんだって。このへんは例によって愛子さんからの聞き書き。これを書くために、お陰さまでこの二、三日は愛子さんといつもの二、三カ月分の会話をしている。私は愛子さんに批判的ではあるけど、夫婦仲は決して悪くはないと思っている、余談も余談だけど。コスモス学園の園長先生は最後の最後まで、M小特殊学級の方がベストだけど、と言われていたようだ。このへんはね、前述したとおり分からない。分かったことは、園長先生の心配は親も子も苦労するってこと。

D西小で校長先生と新一年生の担任の先生方との面談あり。この時宏介は、長い机の上に上がってピョンピョン跳んだりしたという。もちろん得意の奇声をあげて。これには「聞きしに勝る」という思いが先生方みんなにあったと思う。要注意人物太田宏介、その母親もかなり怪しい、ってね。私はできるだけこの二人とお近づきしないよう心がけたいと思うようになる。

私は終始一貫、「健常児（者）にガンバッてね」とエールを送っている。健常児（者）がちゃんと働き自活してくれないと、障がい児（者）の出番も少なくなると考えているので。

このへんのところ、愛子さんが講演をする時にと準備したものをそっくり引用する。何と愛子さん、七回も宏介がらみの講演をしている。

皆さん、こんにちは、ただいまご紹介をたまわりました、太田宏介の母、太田愛子と申します。

宏介の話の前に少し私のことを話させていただきます。皆様の中に、長女はいらっしゃいますか？長女には二タイプあると私は思っているんですね。蝶よ、花よと我がままな、何でも一番に買ってもらえるタイプと、長女だから我慢しなさいと押さえられ、厳しく育てられる長女がいると思いませんか？　私は我がまま長女でした。

小学校では日曜日、教会に行ってました。そこでオルガンを習っていたんですね。家では紙の鍵盤しかなくって、父に「オルガンいいなァー」と言ったら、翌日、我が家にピアノが届いていました。高校受験で数学が苦手だと分かった父は、翌日、東大生を家庭教師につけてくれました。決して裕福な家ではなかったのですが、我がままが通っていたんですね。

そんな私が結婚をして二人の子供に恵まれ、平凡に暮らしていましたが、ある時、夫に聞いたことがあるんですね。「私の欠点って何だと思う？」。夫はすかさず「子供を叱ること！」と言ったのです。そう言えば夫が二人の子供を叱るのを見たことはありませんでした。

それから間もなく、私は三人目の子をさずかりました。今度こそ理想的な子育てをしようと願って誕生した子が宏介です。長男は三歳過ぎても言葉も出ず、ヨダレばかり。長男こそ病院につれていこうかと思うくらい心配しました。ですから宏介の言葉が出ないことは気になりませんでした。ただ目線が合わないのは気になり、友達のすすめもあり、二歳三カ月でしたが三歳児健診に出かけていきました。

そこで「すぐに児童相談所に行きなさい」と言われ、とっさに何が起きたのか分からず、初めて中度の知的障害、大きくなったら間違いなく重度になると言われ、目の前が真っ暗になりました。近くにある精神薄弱施設コスモス学園へ翌日から通園することになったのですが、これから先を思うと不安でいっぱいでした。

しばらくして先生から「大学病院できちんと検査を受けた方がいいのでは？」と言っていただき、久留米医大で受診しました。「自閉的傾向と、宏介の場合、番号は正確かどうかうろ覚えですが、四番目と五番目の染色体がひっくりかえっている」のだそうだ。私が「ひっくりかえっているならもうひと回転させればもとにもどるのでは。そんな薬はないのですか？　日本になくても外国にはあるのでは？」と先生に尋ねると、先生は「ありませんよ。お母さんが一番の薬なんですよ。お母さんが太陽であることなんです。太陽は誰に対してもわけへだてなくさんさんと陽を照らしてくれるでしょう。お母さんがいつも太陽のような笑顔だったら、子供は明るく前向きで、素直で自信が持てて、何にでもトライする気持が沸くでしょう」と言われ、私はショックでした。

宏介のことを聞きに行ったのですが、上二人の子供に対しても私は太陽では全くありませんでした。よーし分かったと、「母親は太陽」と書いた紙を家の中にベタベタと貼ったのですが、いつのまにかはがしていました。

小学校入学のための健康診断の通知が来たのは、団地の中の小学校からではなく、家からは車以外では通学できない特殊学級のある学校からでした。その頃の宏介は、声を出す時はキーキーという奇声。たまに単語をおうむ返し。そんな宏介を見ながら、宏介の意志を育てるにはどうしたらいいのだろう、意志が言葉で表現できたら、どんなに嬉しいだろう！と思っていましたので、宏介の意志を無視して学校まで車横付けはイヤダ！今日は行きたくない！今日はこんなことがあるから楽しい……とか言える子に、と思いました。

それと何よりも思ったことは、障害を持つ子に特殊なレールを敷き、死ぬまで約束されたレールがあるならいいけど、たとえば養護学校から作業所とか施設とかに行っても、そこで一生涯過ごせるのだろうか。順番からいけば親は先に死ぬのです。だから障害も健常もない、ふつうに生きていきながら親も子も、まわりの人も体で受け止めていくことが大切なのでは、と思ったんです。

宏介が通園していた施設は二歳～五十歳代の方までいらっしゃいました。口で筆をくわえ絵を描く人、足の指にペンをはさみ書く人、色々な障害の方がいらっしゃいましたが、ある日宏介が足の指にペンをはさもうとしているのです。そう！宏介は真似をしていたんですね。ソウカ!! 宏介は真似をすることはできるんだ!! 真似ができるのなら、健常者の中で物真似しながら身につけていったらいいのだ！と思っていたんですね。

タイミング良く、障がい者を普通学級へという運動をなさっていた先生のアドバイスもあり、教育委員会との話し合いに夫婦で何度も出向き時間がかかりましたが、ようやく団地の中の小学校へ入学することができました。

小学校に入り、第一関門が給食でした。と言いますのも、当時、宏介の食べる食品は十種類もなかったのです。白ごはんだけ。パンもだめ、お汁も混じっているものはだめ。先生に、こんなだからお弁当持って来ましょうかと相談しましたら、先生は「食べ物の受け入れは人の受け入れ、物の受け入れ、すべての受け入れにつながる!! だからお母さん努力しましょう」と言われました。そして先生が口に入れたパンを宏介の口に入れたら食べたんですね。私は驚きました。恥ずかしくなりました。食べられないとか言っていられない、先生がここまでして下さっているのに、と。何と素晴しい先生に出会えたことか!! と自分の近視眼的な見方、考え方に気づき、心に留めた先生のアドバイスでした。

それから、宏介に給食を食べさせに行く毎日が四年生まで続きました。そこにはいつも子供たちの応援もありました。子供たちも実は、すごーい先生でもありました。

こんなエピソードもあります。

言葉にできないもどかしさ、苛立ちがいっぱいある宏介は、入学して一学期の終わりには登校拒否が始まり、運動会がきっかけでクリアしたものの、小学二年生の三学期、先生に呼び出しを受けました。「お母さん、これを見て下さい」。宏介が授業中、前のガラス戸をバンバンと叩いているのです。波打って危ないくらいの音を立てています。「お母さん、明日は参観日です。この状態を父兄が見たら驚くと思うんです。どうしたらいいと思いますか」。私はとっさに「休ませましょうか」と言いました。先生はすかさず「そんなことを言っているのではないのです。これ以上、宏介が戸を叩くと宏介が怪我をするか、まわりの子が怪我をするかです。どうしたら宏介の状態がクリアできるか、一緒に考えたいと思って、お母さんを呼んだんですよ!!」と言われました。

そうすると、児童の一人が「先生！　先生のこと、宏介君は大好きだから、それに先生は絵が上手だから、サランラップをガラス戸に張り、先生の似顔絵を描いて『安永先生』と書いてたら、宏介君は字が読めるし、いいと思う！」という意見を出しました。

参観日、私はドキドキしながら教室に入りました。宏介は予定通り、ガラス戸の前に立ちました。叩こうと思って戸を見たら、安永先生が描いてある！　叩けない！　このサランラップを外して……と困った顔のまま参観日は終わり、宏介は戸を一度も叩くことなく、クリアしていったのです。

こんなエピソードはたくさんあり、先生は「いつも子供たちから学んでますよ」と言ってらっしゃいました。

こうして一つ一つ、先生と子供たちとのスクラムの中で宏介は成長していきました。

私が愛子さんに聞いて書いた部分があるので、この愛子さんの文を引用するとダブっているのは当然かな。

ただ、愛子さんの文がさすがに生々しいというか臨場感あるよね。この私の感想そのものがかなり第三者的だものね。初めて知ったエピソードばかりだな。

Y先生がパンを自分の口に入れてその後に宏介に食べさせたというくだりなんかね、すごいな。Y先生とは現在もおつきあいあり、二十二年間かな。さっぱりした性格の持ち主で、愛子さんとの関わりでおみえになったりするんだけれど、留守のことが多い愛子さんに代わって私が応対する時もあるよ、玄関での立ち話ではあるけど。

学校では宏介はおとなしく教室にはいなかっただろうし、奇声を発しっぱなしだったろうしね。「やはり受け入れるべきではなかった」という思いは学校側にズッとあったろうなあ、と今でも思うけどね。登下校はどうしていたのかな、登校班に混じって大丈夫だったのかしら。

愛子さんは趣味として現在もコーラスをやっている。このキッカケも宏介がらみだったはずなので「そのことをメモしといて」と言っておいた。

メモによると、

小学校の入学式が終わると、お決まりの役員決め。体育館の中で誰も手を上げず下を向いている。私のひざに乗ってキーキー、宏介の奇声が体育館内に響く。宏介が通うことでいっぱい迷惑をかけるであろうＰＴＡ。私にできるかどうか分からないけど、私が役員になろうと手を上げ、自発的に役員となった。

学校はＰＴＡコーラスが発足したばかりで、コーラス・メンバー募集中。役員さんは皆さんコーラスへ、というので入った。

以上のようです。メモによると役員になったうえにコーラスなんぞにシブシブみたいだけどね、以来これまた二十二年続いていて愛子さんはもうはまりにはまっている。「コール秋桜《コスモス》」という名前でね。毎週水曜日に太宰府市公民館にて二時間練習している。嬉々としているな。時々家でもスリービーンズとユニット組んでやるんだけどね。ただでさえ宏介の奇声があるのに、コーラスの奇声まで加わって、私もご近所も迷惑な話だと思う。ご近所迷惑と言えば、血統書つきノラネコを三匹飼っている。これもね、三匹とも外で遊ぶのが好きだからね。

宏介はこの頃、週に一度、日曜日にプール通いを続けていた。愛子さんが車で送れない時は私がバスと電車で連れて行った。宏介がスイミングが好きかどうかは分からない、今でもね。ただ自閉的傾向者の特徴として、やり出したら続ける。これはシッカリしているね。マネしたいところって多々あるよ。

私は、私より早く宏介死なんかなあと、そればっかり思っていたな。無関心、無頓着ではあったけど、宏介の父親であって、障害といった不治の病を生まれながらに負わせてしまった責任をとるという気持が常にあり、チクチク痛んだ。あんなに好きな酒やマージャンの時もこのチクチクが顔を出し楽しめなかった。ただ、家には帰りたくなくて回数は増えるばかりだった。

何かの本で読んだか聞いたのか、「知的障害を持った子は早死する。何故ならあまり脳を使わないから」というのがあった。「アー、それならいいな」と思ったからヒドイもんだよね、この悲観主義者の男親は。悲観主義者というのはオカシイかな？　悲観論者かな。

いずれにしろこの説は正しくないと分かったよ。脳を使わない、頭を使わないから早死するんだったら、我が妻であり宏介の母などはとっくに死んでるよ。「還暦コンサート」なんかを数年前にやったよ、ホテルの宴会場を借りたりして。頭を使ってたらやれないよね。米寿コンサートなんかもやりそう。

まあ、近頃は楽観主義者で向こう見ずの愛子さんで太田家は回っていく。

Ⅱ 絵との出合い

愛子さん、空を跳ぶ

この間《かん》、同居したオバアチャンの頑張りも、すごいもんだった。「宏介命《いのち》」そのもの。私が酔っ払ってダラシナイ姿を見せると、翌日、愛子さんに「叩こうごたる」と肥後弁で言ったりしたらしい。「叩きたい」ということね、標準語では。

このオバアチャン、若い頃は随分とおとなしいお嬢さんだったらしい。本人が言うからまちがいかもしれないし、まちがいでないかもしれない。これまた愛子さんに「二十九歳から後家《ごけ》さんしとけば強くもなるよ」とも言ったりしたらしい。すべて伝聞ね、これまた。

オバアチャンが同居するにあたって、私がオバアチャンと愛子さんに大演説したことあり。私もね、節目節目ではヤル時はヤルんだから。「オバアチャンは中国の同じ齢のオバアチャンとが話は合うはず、愛子さんはアメリカの同じ齢のオヨメサンとが話は会うはず、齢がうんとはなれているのに、同じ日本人だからといって一つ屋根の下でうまくいくはずない」といきなり言った。同居した日の夕食時だったかな。ね、なかなかのもんでしょう。

「ケンカばかりするなら、オバアチャンは有料老人ホーム、愛子さんとは離婚」。これは酔って言ったけどね。幸いオバアチャンと愛子さんケンカしたことない。他人にそれぞれ、オバアチャンは愛子さんを、愛子さんはオバアチャンを自慢したりしてたな。マア相性《あいしょう》が良かったのもあるけど、「宏介を育てる」という共通認識もあったと思う。この頃、宏介の姉や兄も含め、三世代六人の太田家は宏介を中心に回っていたと言っても過言ではない。

オバアチャンは、老人介護施設に四年半入所していたけど、私が月・水・金ウォーキングを兼ね、洗濯物の取り替えをも兼ねてオバアチャンを訪ねる。ボケつつあるオバアチャン、行く度に同じことをしゃべる。「宏チャン元気？ 宏チャンがイジメにあわず真っすぐに育ってくれて良かったあ」。真っすぐに育つ――この真っすぐという言葉にオバアチャンの願いがこめられていると思う、ツクヅク。

このイジメのことを、前述のY先生に例によって玄関先で立ち話したことがある。

Y先生が言う。「宏介はね、その点は利口で自分にとって得になる人、自分をかわいがってくれる人とはとってもフレンドリーな態度、そうでないと思える人には近づかない。そのへんの嗅覚はスゴイよ」。笑いながらおっしゃる。したがってイジメにあうことってないというんかな。嗅覚ね、大事なことだな。

愛子さんの前述の文にあるように、愛子さんが午前中の仕事を済ませて学校に行き、先生と一緒に給食を食べさせて、また仕事にトンボ返りの日々。愛子さん、入学前のゴタゴタ時にリッパなタンカを切った手前、弱音を吐くわけにもいかず、オバアチャンともどもある種〝闘い〟でもあっただろうな、とこれを書きながら、第三者（私）は思っている。

そんなこんなの時に宏介が五年生になり、愛子さんが給食時間からも解放されヤレヤレ一段落、という時に大事件が起こる。うまくいかない時期ってあるよね、多々。

五年生の新学期が始まって早々というか、そんなアヤフヤな表現でなくて、四月二十九日、ゴールデンウィーク初日ジャスト十二時、愛子さんから電話あり。「マイカーで事故った。独り相撲だから心配せんで、病院に行ってきます」。私はちょうどビールを飲もうとしていたので電話を切って知らんぷり。もともと運転が荒っぽい愛子さんをニガニガしく思っていたので、「天罰たい」で終わり。

四十分もしないうちに、仕事仲間でコーラス仲間のE上さんより電話あり。「ご主人、オオゴト、すぐ病院に来てください」、「ウルサイな」と思いつつまだパジャマだったけど着替えて、歩いてわりと近くの病院に行った。愛子さん、雨に打たれたような感じで「スミマセン」という。

「たいしたことなさそう」が第一印象だったが、ここの病院から救急車で他の病院に移る救急車待ちの状態だった。愛子さん、突然、震え出し止まらない。救急車って初めて乗った。まあ、感想は普通に見かけるとおりでね。「なるほど」

事故のことはそのE上さんから聞いた。坂道の急な下りをブレーキとアクセルを踏みまちがえ、空に跳んで車は頭から川に落ちた。這い上がってちょうど通りかかった車に手を上げて、「病院に連れて行ってください」と言ったという。その後、主人（私のことね）は怒るばかりだろうからE上さんに電話した様子。これは正解。私は同情とか見舞うという気は全くなくて、「バカが」と心の中で言って一言もシャベラず家にとりあえず帰った。何かと入院の手続などあるしね。

ただ、一見傷もないしそんなに長期の入院にはならないだろう、とこの時ばかりは楽観主義者。E上さん、私の態度に半ばあきれながら、事故現場の落とし物など処理にご主人を迎えによこしてくれた。ご主人の運転で一緒に事故現場に出かけた。後部座席に宏介の同級生亜希チャンと妹が無邪気に座っている。

事故現場に着いたら、驚いたね。一週間前に買い換えた中古の赤い車が川底にいったん突きささり、三百六十度回転するつもりで後部が空に向かい倒れたら、対面の護岸された土手でストップした状態。何か変かな、この表現。

見えている状態だけで言えば、赤い車が普通は見えないお腹をみせて四十五度の角度で寝そべっているという。車の四つの車輪が何かコッケイな感じ。

元気になった愛子さんに聞いたところ、このお腹の所を階段代わりにしてかけあがって小さな農道に出た。ちょうど通りかかった車に乗せてもらって病院に行ったとのこと。その車に乗った時の第一声は「私の顔にキズはありませんか!!」。大丈夫だった、と本人談。やはり愛子さん、セルフ・ホームエステの仕事をしているからね。「大丈夫、傷一つない」と聞いてとりあえず安心したという。これはパニックの後としては愛子さん正しい問いかけだよね。何故なら、「私の顔ひどくありません?」と聞かれたら相手の人は戸惑うよね。何をもってヒドイというかどうか返答に窮するよね。

すごく汚ない川で、とにかくそこに残しておくわけにはいかないものを探そうとした。E上さんのご主人には迷惑な話。それに輪をかけて迷惑をかけることになった。私が車の割れたガラスで小指を切ってしまった。愛子さんが救急入院した二日市の病院に連れて行ってもらった。破傷風が心配とお医者さん。縫ってもらったついでに愛子さんの病室をのぞく。

見た目はどうもなさそうで、包帯を巻いている私の方が外科病院にふさわしい。ただね、胸の所にシートベルトの型がついてたな。愛子さん、日頃はシートベルトをイヤがっており、この事故時のように近所の田舎道などではほとんどシートベルトしないことが多く、私からよく「守れ! 規則」と怒られるってしばしばだったものね。この時はよくぞシートベルトしていたもんだと思った。買い換えて一週間、少しは用心していたのかな。

シートベルトをしていなかったら空を跳んだ時、川底に着地した時、回転した時、どうなっていたか。

死んでいたかもね。現に毎日この場所を自転車通学してた宏介の兄、長男信介は「この車に乗っていた若い男は死んだらしいよ」とオバサンたちが三人で話をしているのを聞いた、と言ってたな。「赤い車に若い男が乗っていたと勝手に一人歩きしてるみたい。でも、事故現場を見たらそう思うよね」。私も同感。

病院嫌い、医者嫌いの宏介は、見舞いに行こうと誘っても「イヤだ」の一点張り。

宏介、この頃も現在も健康で医者知らずでいるのって有難い。五体満足ね。でも、一時は一〇八キロの肥満体になったことあり。除夜の鐘じゃないからね、一〇八キロはやっぱりマズイよ。

退院まで三カ月との医師の診断。夏休み中だな退院は、と覚悟する。

そこでオバアチャンの活躍が始まる。元給食のオバサンが料理の腕をふるう。私もこの時期そんなに無茶はしなくて、それでも酒は飲んで帰ったけど、マージャンはそんなにしなかった。ただ会社は二カ月間連続遅刻だったな。毎朝宏介に「行ってらっしゃい」と声をかけてから、まだ宏介たち登校班の後ろ姿が見え隠れする時に私もバス停に走る。それでも決まって二十分の遅刻になった。

私はそれまで、雀荘から会社へ直行とか、宿酔で出社とか、朝はヒドイことがあっても無遅刻・無欠勤だったんだけどね。前述したように、かなり長い距離を自転車通学していた兄の信介は、無遅刻・無欠席で高校卒業式で表彰されたよ。三年のスタート時、クラス全員が無遅刻・無欠席を目指し達成したということがあった。地元紙の記事にもなって、信介がコメントしてたな。これはその時のコメントではないけど、別の何かの時に、無遅刻・無欠席をやはり聞かれた信介は、「どんなに熱があっても、宿酔でも、会社に出かける父を見ていたので」と語ったことがあるという。

どうですか？　私は基本的にはマジメで心身共に健康な（?.）男なのです。

それと蛇足だけど、フツカヨイは漢字で「二日酔い」が正しいそうだけど、尊敬する作家山口瞳が使っている「宿酔」を私も使いたい。カンジ（感じと漢字の懸けことばではない）がいいよね、宿酔。酔いが宿っているというカンジ。経験者は分かるよね。宿酔の対処法はたくさんあるようで、一冊の本になるくらいあるかもね。「宿酔対処法に迎え酒がいい」なんてあるけど、これは元に戻すだけの話で無茶な対処だという。私はとにかく食べやすいもの、ソバやおにぎりとかを無理してでも昼食時に食う。そうしたら十五時過ぎに「復活」して「さあ、今夕も飲むぞ」となる。

この時は病院めぐりしたこともあるよ。私の指のケガ。これは二日市には通えず会社の近くの病院へ転院。宏介の姉ひとみがバスの中でフラッとしてバス停の前の病院にそのまま入院。一日で退院したけどね、そこにも行った。それと医者知らずのエース宏介も、ハシカだったかにかかった。宏介がビデオ返して借りるのについて行った日曜日。坂道で宏介が座りこんだ。いかにもキツそう。この頃から肥り気味だった宏介なので、オンブはできず肩を組むようにしてやっと帰った。これもタクシーで病院へ。愛子さんの見舞いもあるしね。

「家事は私がとにかくやるから」ってね、オバアチャンは本当にガンバリ屋サンだったな。

ビデオの返し借りが出てきたけど、これは書き忘れもいいところ。宏介はきちんと通っていたけど、スイミング好きかどうか分からない。しかし、これは大好きと分かる趣味がＴＶとビデオ。日曜日黄金の１チャンネル、七時半始まり。怪獣戦隊シリーズ、仮面ライダー（宏介が小さい頃はウルトラマンだったかも）。小学校に入る前から今に至るまで見ているよ。それとビデオね。こう書くと、日曜日は宏介大忙しだね。ＴＶを観て、プールに行って、ビデオ屋さん。ビデオ屋さんには私がついて行ったりしてたよ。こういうふうに書いていくと、「何もせん、家庭のこと」とさんざんオバアチャン、愛子さん連合軍から言われ放っしで「ゴメン」とウナダレていたけど、私も結構やってるジャン。

そうそう、長い休みには必ずあった「東映マンガ祭り」、これにも連れていった。この頃は宏介と出歩くのはわりと平気だったかな。宏介も好きなことをやってる時はお利口さんにしていたかも。その時の怪獣戦隊シリーズの一本と仮面ライダー（この頃はちゃんとバッタの仮面とバイク。こっちが本筋っぽくて好き。ライダーというからにはねバイク乗らないと）、あと一休さんとか秘密のアッコちゃん（？）とか三本立だったと思うけどね。一緒に観る時もあるし、映画館のオネエさんに「終わりの時間十分前に来ますのでよろしく」とお願いして、ポルノ映画を観たり本屋さんで時間を潰したりした。

三カ月かかるといわれた愛子さん、「七月の夏休みに入る前に、宏介が楽しみにしている学校行事には私が絶対連れて行く」と言っていたが、根性で二カ月で退院した。病院に入院して一週間目ぐらい、熱だってある頃に車の販売店の営業マンに病院に来てもらって次の車の打ち合わせをしている。「色は赤はヤッパリ良《よ》うない」なんて言っている。コリない奴だな。

これには後日談あり。月に一度行く床屋さん、ここは私より二つぐらい年が上のダンナさんがやってくれる。盆休み前に行った時、頭を洗う時だけ奥さんが代わってくれたが、「アラ太田さん、円形脱毛症ができて治った跡がある」と言われた。その前の時はダンナさんが気づかって言わなかったのかも。この話を夕食事にした。愛子さん何と言ったと思います？「アラ、何か心配事があったの？アナタに」だって。オバアチャン、ひとみ、信介、異口同音に「それはないよ、お母さん！」。

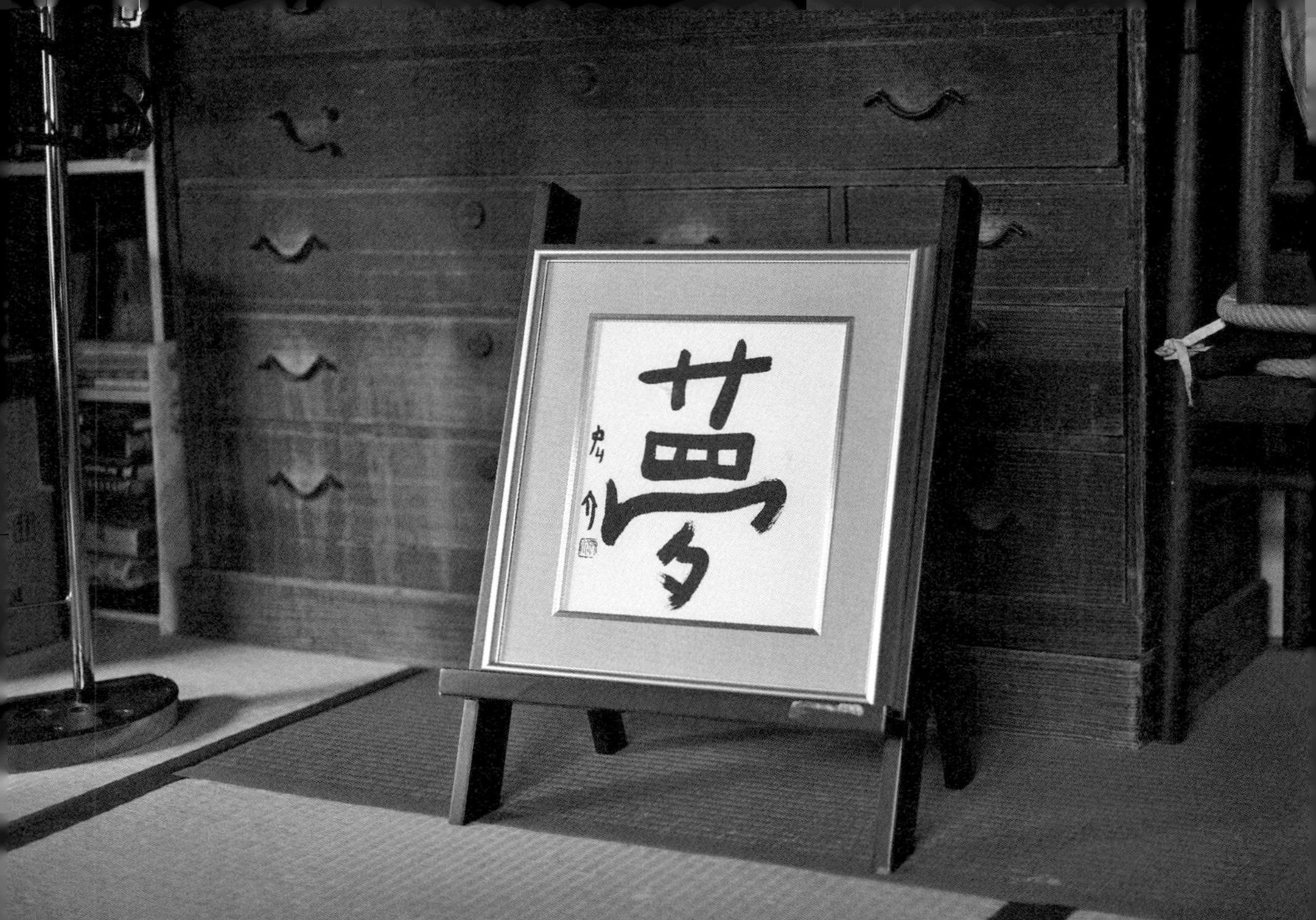
夢

仮面ライダーと宏介

怪獣戦隊シリーズのメンバーは、よく「だざいふえん」（現だざいふ遊園地）と香椎花園に来た。宏介はどこで知るのか、新聞かな、西鉄電車・バスのポスターやチラシか。とにかく催事がある日を知っており、単語を並べるように言って「私に連れて行け」という意思表示。春休みとか寒くも暑くもない時が多いので、ビールを飲みたい一心で連れて行った。そのビールを飲みたい私とカレーとかハンバーグを食べたい宏介とが、二人とも満足するお店ってなかなか無い。宏介はラーメン好きだけど私はうどんの方が、という具合。

それで、宏介と食事する時は、両者が満足できる岩田屋デパートが多かったな。私はもちろんビール。つまみ用というか昼食は岩田屋定食。刺身があって天プラがあって茶碗蒸しと少しずつだけど種類が多いのがよい。宏介はカレーだったり、お子様ランチだったり。

ビール飲んで、香椎花園でまた飲んで。宏介には回数券みたいなものを与えて、この場所にいるから、一つ乗っておりたら一度ここに来て、それから別に行くよう指示しておく。私は乗らない、ホロ酔い状態だからね。

「だざいふえん」ではこんなことがあったな。例によって五人の戦士が悪と戦う準備中。何を思ったか宏介、ツカツカと舞台の方へ。五人の戦士の一人が刀というか剣というか宏介に貸して、他の一人が宏介に切りかかるというショーになった。宏介は悪の方ね。それがあまりにスンナリだったので、そういうヤラセと思った観客は笑っている。ところが主催者側というかアナウンサーのお姉さんは大アワテ。「どなたかお知り合いの方」と連呼したりしたことなどもあった。

自閉的傾向の宏介氏、この戦隊シリーズや仮面ライダーの追っかけは今も続いていて、五年か六年前にはとなりの県のわが故郷、熊本県にある三井グリーンランド（現グリーンランド）までも一人で出かけたよ。仮面ライダーと記念写真を撮ってもらって持ち帰ったから、まあ福岡県とは県境ではあるけど三井グリーンランドまで行ったのを初めて知った。このへんはスゴイよね。なかなかやるな、という感じ。

そうそう、東映マンガ祭りを観る時は中洲だから、食事するデパートは玉屋デパート。

私はどういうわけか、ここではビールとハヤシライス。ハヤシライスやカレーライスってあまり好きでないんだけど、誰かに勧められて食べて気に入ったのかな、玉屋デパートのハヤシライス。玉ネギがおいしかった記憶あり。

絵と出合った宏介

愛子さんが空を跳んだり、給食時間につきそわなくてもよくなったりした宏介小学校五年生の時は、今にして思えば、ある意味宏介の進路というか将来に大事な時となった。

ヒョンなことで宏介は絵と出合う。ここのところは私はまったく不案内で、愛子さんから「日曜日に近くの造形教室に絵を習いに行くよ」、「誰が？　オマエが？」、「宏介よ」というやりとりだった。

とにかく、宏介が家に居る時間が少しでも少なくなることって私にとっては良いことに思えるので、「宏介が行くと言うのならＯＫ」、スイミングスクールに通う感覚ね。

またまた横道にそれる。タイトルに「絵と出合った」としたけど、これは愛子さんの影響で「出合った」と書いてしまった。日頃、私は「出会う」と書いているけどね。それで近所のマンガ倉庫で購入した『現代国語表記辞典』を引く。これは意味を調べるのではなく表記例を書いてあるだけだから、あまりスペースをとらない分、漢字をかなり大きくしてある。これがいいね。辞書とか時刻表は虫メガネを使わないとよく見えない。虫メガネが面倒なので、漢字で書かないといけないところもつい片仮名で逃げてしまう。親しい人への手紙だったりすると、片仮名で書き吹き出しを作って「漢字に変換してね」とか手を抜いている。

そこで、「出合う」と「出会う」ね。自閉的傾向の私は気になり出したらズッと気になってね、辞典を引いた。

出合う（人以外）＝川（車）――出会う

出会う（人が）＝友に出会う

右記のように表記あり。だからタイトルは人以外の絵とだから「絵と出合った宏介」で良い。「絵の先生と」となると、先生は人だから「絵の先生と出会った宏介」となる。もう一つ賢くなったな。

（注：前述したところを読み返していたら、この辞典が出てきたのはこれで二度目。ネタに困ったら三度目もありかな）

この絵との出合い、絵の先生との出会いは、愛子さんの講演の下書きを引用するね。

五年生の終わり、宏介の運命を変えていったと言っても過言でない、ある先生との出会いがありました。画家の城戸佐和子さん、すなわち松澤造形教室の主宰者・松澤先生との出会いです。それは職場での思いがけないことからでした。職場で私はいつもアンテナを立てていました。私は美容の仕事で毎日、色々な職業の方と会っています。

出会った方々にいつも話していました。「私には障害を持っている子がいます。粘土が大好きな子で、好きなことを生かして何かできないだろうかと、いつも思っています。何か情報がありましたら教えて下さい」と。そんな中での松澤先生との出会いでした。

実は、宏介はコスモス学園で粘土を教えていただいたことから、四時間でも五時間でも粘土で手びねりしながら、物でも人でも、つなぐことなくスルスルと作っていくのです。その手先を見ては、器用だなァーと思っていたんですね。言葉が出ない、意志が伝わらない宏介。生きてて楽しいと思うことが一つでも増えたらいいなァー、何かないかなァーと思っていたんですね。そんな矢先、職場で「私の友達が南ケ丘に造形教室を開いたのよ、よかったら会ってみては!!」と言って下さった方があったのです。

早速伺った松澤先生の口から出た言葉は「障害の子を教えた経験がないしですね……」だったのですが、お会いした瞬間、この人だと思った私は引きませんでした。後から聞くと「断われるような顔をしていなかった!」との先生の笑い話。でも、言葉の出ない宏介が、初めて伺った時、造形教室の窓になびくカーテンを見て、「ワァーきれい!」と言ったそうなんですね。私は覚えてないのですが、先生は感性の豊かな子なんだなァーと思ったそうです。

翌週から早速、粘土の好きな宏介に、紙粘土を用意してくれていて、宏介は得意気に飛びついていき、レンジャー部隊や仮面ライダーなどを作りだしました。翌週は乾いた粘土に色を塗る。先生がほめて下さるから得意気に通うようになったのです。

やがて粘土から平面になっていくのですが、初めは全く興味を示さないんですね。画用紙にクレパス、絵の具、本当に無反応でした。それどころか、五分と座っていられず走り回ったり机の上をピョンピョン跳ねたり、奇声を発したりだったのですが、松澤先生は○、△、□線をクレパスで描き、水彩絵具で塗ることを根気良く繰り返し教えて下さいました。

ある時、絵具のチューブから出る色と色を混ぜ合わせること、つまり色を創ることに興味を示し、五分が十分になり、三十分になって描くようになっていきました。

中学三年の二学期、「マリンワールド海の中道・魚の絵コンクール」が行われていることを新聞で担任の先生が見付けて、コンクールに応募してみないか？」との声をかけていただき、「さかな」の絵で賞をいただきました。そのことから大和銀行創立五十周年記念行事の一環として、第一回目の作品展をさせていただく機会がありました。

それがきっかけで松澤先生から、「お母さん、これから毎年、個展をして宏介君の絵を販売しませんか。障がい者の道が厳しいことを知るにつけ、後に続く子のために、宏介君にもっともっと積極的に頑張ってほしい！」と背中を押して下さいました。私は驚きました。宏介の絵を売るなんて！　夫に言ったら、「居間に無造作に貼っていた絵を？」とあきれました。家族の中では、宏介が一つ行く所ができた、プールと同じように続けていることがある。たまたま、賞をいただいた。そのレベルだったので、夫は「宏介の絵を買う人間がいるわけない!!　たとえ買ってくれた人がいたとしても、職場の人間がおつきあいで買ってあげる、そんなことだと思う！」、そう言います。私もそれもそうだと思う！　でも先生が、そこまで言って下さるのだから思いきってやってみたい!!　そんな気持ちにもなっていました。

これから先のことは誰にも分からない、やらなかったらそれまでだと、やってみてから考えてもいい……と思っていましたら、松澤先生から「お母さん、思いきって宏介の絵をTシャツにしてみませんか！」と言われました。「ええっ！　やっと思いきって宏介の絵を販売する個展をしようと思ったところに!!」。でも、もう、どうせするなら思いきってしてみよう、してみたいと思いました。そんなわけでTシャツにしてくれるところを探したのですが、百枚、二百枚でも割高で、結局、五百枚というTシャツを作ることになったんです。

そして我が家は大変なことになりました。家族総出で出来上がったTシャツを畳み、セロファンの袋に入れる作業をしながら、夫が「まるで洋服屋のようだなァ。これから毎年、お中元、お歳暮はTシャツになるなァー」と皮肉を言うくらい家中Tシャツ状態で、内心どうしようと思いました。

ところが、今から十三年前の夏、大野城市の喫茶店「ひょうたん島」での個展は、非売品以外の四十七点ほとんどが売れ、Tシャツは展示していたものまで完売してしまったという、予想を大きく上回る成果で、大盛況のうちに終わりました。

それから毎年、毎年個展をさせていただく中で、来られた人が友達をつれてまた来て下さり、買ったポストカードをお友達に送ったところ、その方からまた友達へ、という具合に少しずつ広がっていき、毎年、個展に来て下さる方も増えていきました。

我が妻、宏介の母、愛子さん。愛子さんの講演用下書きを引用したところを読んでいると、愛子さんの一生懸命さが分かるな。何かこう野球でいうと、愛子さんは一塁ランナーでいる。アンテナ張って次のチャンスで二塁を回り、三塁まで進もうと思っている一塁ランナーみたい、目を輝かせて構えている。楽観論者で前向き、この愛子さんが宏介に与えた影響は大。

この〝愛子さん一塁ランナー〟の件だけど、三塁まで進むのは好走塁と解説者からほめられるか、暴走とけなされるか、紙一重のところはあるからね。

ここまではかなりの強気で地元の小学校に入れたのは好走塁。あと、この造形教室に通うというのもね、これはすごいキーポイントとなっていく。暴走は何といっても「愛子さん、空を跳ぶ」だよね。車に乗って空を跳んではいけない。どうしても空を跳びたいなら飛行機で、と宏介が言っています。

野球の例を出したけど、愛子さんはすごい野球音痴。私と結婚する前の愛子さんのエピソードを一つ。アー、私と愛子さん、かなり安易な職場結婚です。安易な結婚だったけど今年は四十周年、金婚式を目指していますよ。

何の話だったかな？　そうそう、愛子さんの野球音痴の件だったね。

職場対抗のソフトボール大会で私が所属する営業部と愛子さん所属の企画部が対戦した。愛子さん代打で登場。代打じゃないね、応援に来た人も一度は打席に立ちましょう、というお遊び。

愛子さんが打席に。我が軍のピッチャーがなかなか投げないんだよね。しばらく空気がとまって次にその辺の人たちが大爆笑、審判もね。なんと愛子さん、ホームベースの上に立って打つ構えをしていた、大マジメな顔をして。

ソフトボールが終わってデートしたのか別の日だったか忘れたけど、「アレ知らんかったと、打席の位置？」と聞いたら、これまた大マジメな顔で「ホームベースと言うの？　あれが打つ時に立つ目印と思った」と言いました。メデタシ、メデタシ。

六十歳、いわゆるアラ環ぐらいから茶髪にしたり、ウケル・ウケナイお構いなしに連発するジョーク等々、何かとお騒がせな愛子さんだけどね。私に「愛子さんってどういう人？」と聞かれたら即座に答えるね、「マジメな人、とっても」。野球音痴ネタでもう一つ。こういうことばかりだと原稿用紙の枡目埋まりやすいけどね。マアマア最近というかな、宏介の小さい時のことを書いているせいか、十年前のことでもマアマア最近ということになる。

愛子さんと野球を観に行った。こういうことも十年に一度ぐらいある。野球の勝ち負けには夫婦ともども熱心ではない。愛子さん、「グリーンの色がとてもキレイ」。私の目はボールを追わずにビールを追いかけている。そんなこんなでいわゆるダブルプレーくずれがあった。野球音痴の愛子さんにこのプレーはかなり難題だけど、このプレーが気がかりそう。いわく「一塁にいた人はちゃんと打ったいい人なのに、どうして次に打った人が悪いのに、いい人が帰ってきて悪い人が一塁にいるの？」だって。

分かりますか？　愛子さんの言葉そのままなのでね。要はダブルプレーくずれです。そもそも野球のゲーム中は「いい人／悪い人」で判断してはいけません。

何はともあれ、宏介と松澤造形教室との出合い、後年さかんに新聞に載ったりテレビ・ドキュメント番組になったりした礎はここから始まっていく。

松澤造形教室の松澤先生、画家としての名は城戸佐和子さん。さっぱりした性格でね、宏介も私も大ファン。

さっぱりした性格と前にも書いたなと思ったら、入学時の担任Y先生のことだったな。Y先生、私が布団を干していたらおみえになったよ、今日も。

宏介の学校での五・六年生の時どうだったかがあんまり出てこないね、私はもとより愛子さんの口からも。

もちろん学校内では先生方、悪戦苦闘されていたはずだけどね。愛子さんもあまり記憶していないって、無責任に便りのないのはいい便りだと思っていて良かったのかしらね。愛子さんは嬉しかったろうな、学校から呼び出しもなく、したがってというか、ブーイングも聞こえてこなかったこの時期のこと。

学校行事のこと

修学旅行のことを少し。

ずーっと後で担任の先生から聞いた話。もしかしたら宏介の個展の会場で聞いたのかも。宏介が個展を開くたびにDMを出し先生方に来ていただく。ほとんど毎回来ていただくよ、先生方みんな。

修学旅行は長崎に行った。福岡の修学旅行は長崎に行くんだね。私の熊本は今はどうか知らないけど福岡だったよ、五十数年前の話だな。

アー、思い出した。私は小学校までは神童と呼ばれていてね。ちょっとしたもんだった。それで修学旅行中、M崎くんのお世話係だったな。今ならそうだね、やはり重度の知的障がい児だったろうな。以前の小学校は普通に受け入れていたのかな、一学年に一人か二人障がい児がいたような気がする。このM崎君、岩田屋のエレベーターかエスカレーターに乗るのをこわがったので、階段で屋上まで行ったことを思い出した。

このM崎君、クラスで一番に九九《くく》を覚えて、みんなをビックリさせたよ。M崎君のお母さん、我が愛子さん同様楽観論者だったんだろうね。歌を歌うようにM崎君に九九を覚えさせたんだと思う。私たちが習う前からね。見事なものだったけど、歌として覚えているから「四五《しご》は?」と聞くと、「四二《しに》が八」から始めることになる。

大濠公園、西公園にも行ったな。泊まりはね、亀山上皇の像が見えたのであの辺に泊まった。これって半世紀前の話だよね。半世紀前のことって鮮明に覚えているのに、「信介のところ赤ちゃん生まれるよ」のビッグニュースを翌朝覚えていないのはどうしたことか。聞いた時は焼酎を寝酒として飲んでいたけどね。眠ることで忘れてしまうのかな？

その時の先生から聞いた修学旅行の話。どこかの観光地で宏介が迷子になったという。さんざん捜して見つからず、一人の子の「もしかしてバスの所では。宏ちゃん、バス好きだから」。これは正解で、バスをニコニコしながら見ていたという。「宏介がおらんようになったらバスの所です、必ず」って出発前に伝えていたらよかったですかねェ、とずっと後の話。

宏介のバス好きは半端なものじゃない。年季が入っている。愛子さんが夜、仕事から帰ってくると、宏介がバスの営業所に連れて行ってとせがむ。営業所のフェンス越しにバスを眺めること半時間。愛子さんが二、三度「帰るよ」と声をかけてやっとシブシブ帰ることとなる。

ある営業所では「特別だよ」といって中に入れてくれバスに乗せてくれたこともあった、と愛子さん。

このバス営業所巡りと、もう一つの趣味ビデオを借りに行くという夜の仕事。「愛子さんガンバッて」と言うと、ひとごとみたいかな。

運動会も大きな学校行事だな。

ある時のかけっこ、何年生だったのかな、運動場半周というレース。向こう正面からスタートし本部席前がゴールというレース。宏介そろそろなのにな、スタートをしゃがんで待っているふうでもないし、と思っていた。レースとレースの間で少し時間が空いたので、何だろうとよくよく運動場を見たら、第一コーナーと第二コーナーの中間に宏介がニコニコして立っている。つまり半分のハンディをもらったことになる。宏介の横にいる先生が第二スターターね。ピストルが鳴ると同時に、第二スターターが手を叩いて宏介もスタート。立ち上がりはよかったんだけど、第二コーナーを回って直線になったら宏介を見失った。

他の子たちは必死に走ってゴールを目指しているのに、宏介は何をしていたと思います？　なんとね、応援席の後ろに見えるお父さん、お母さんにご挨拶していたのです。先生にもね。場内部分的に爆笑、「宏ちゃんガンバッて」とか「ファイト一発、宏ちゃん」と声がかかってご機嫌だった。ゆうゆうのゴールイン。せっかくもらったハンディを大幅に使い果たしてのゴールにもかかわらず、大拍手。ちょっと目頭が熱くなったな。「愛されてるのかな？　宏介」ってね。

もう一つ、運動会。男子ばっかりの騎馬戦。何年生なのかな、騎馬戦がプログラムなのは。宏介はこれまたハンディをもらって太鼓を叩く役となっていた。始まる時に男子は上半身はだかになって出場する。ここで宏介、カッコよかったよ。シャツをいきおいよく脱いでね、一緒にいた女の子二人が受け取ってね、丹念にたたんでくれた。宏介は「出かけるぜ」みたいな顔をして指定の場所、太鼓のある所へ。運動会となると、そうやって宏介がいるだろうテントをのぞいたりするよね。その時の光景、カッコよかったなあ、宏介。

またその二人の女の子がいい子でね、背が高くて美人。名前がまたシャレている。一人がYさやかさん、もう一人がF玲奈《れいな》さん。小学生だからチャンでいいんだけど、立派なレディにその時は見えたので「さん」づけにした。名前もいいでしょう？　さやかと玲奈。親の愛情を感じるいい名前。本当に学校側は大変だったろうけど、宏介はのんびりと過ごしたように見受けられたな。普通学級に進んだのは正解だったかな、と思った。

学校行事の最大のイベント卒業式。これは出席した愛子さんに書いてもらおう。いろんな思いがあったろうからね。これまた第三者の表現だよね、ダメ親父。

宏介卒業式

三学期、卒業を目前にした我家で繰り返される光景!!

「ママ!! 見て見て!! 太田宏介さん! ハイ!」と言って右足、左足と前に進み、肩に力を入れて直角に手を上げ、右腕、左腕と卒業証書を受け取る練習が始まります。それは先生に習った通り、まるでロボットのように……。

こうして宏介は小学校六年間を過ごしてきたのです。

まねるは学ぶで、友達がすることを見て身につけてきた宏介は、無事に卒業しようとしている。感無量と一言では言えない、感動の日々が思い出されます。

繰り返し繰り返しすることで、宏介は成長していました。

思い出すのは、小学校六年生の組体操の練習。宏介にとってはとってもハードだったようです。先生方も、組体操は一つまちがってもケガにつながったり事故になるので、宏介は危険ではないだろうか、いやいや、今まですべての行事に参加させてきて成長したんだから組体操も、ということで、一人の先生がついて宏介を見守りながら参加させようということになったそうです。

宏介はいつのまにか我が家にあるカセットテープを使い、組体操の練習を吹きこんでいました。「ピッピー、集合。走って、走って、速く！　組体操はじめます！」、「ピーピ、ピピピーピ」。まるで再現フィルムのように毎日吹きこんだ自分の声を聴きながら笑っています。

いつしか我が家のＢＧＭになるくらいその光景は続き、テープが伸びて聴けなくなるまで続いていました。それくらい宏介にとっては挑戦だったのでしょう。がんばった、やったという喜びがあったのでしょう。大きな自信になったように思います。


運動会当日の組体操は見事でした。宏介に組体操は無理と先生があきらめていたら、宏介のこの頑張ったという思い出はなかったでしょう。こんな感動をいくつもいくつも心に温めながら卒業式を迎えました。母としては一世一代のお洋服を宏介に着せたいと、めずらしくお姑さんまでデパートにつれて行き洋服選びをしました。

夫も私も仕事に出て、上二人の子供たちは宏介より七つ八つも年上でしたから生活リズムが違い、いつも姑が小学校から帰る宏介を待っておやつを出してくれていました。宏介の成長を願い、喜び、感謝してくれた母が選んでくれたのは、ペパーミント・グリーンのＶ字のセーターにグレーの長ズボン。母は、今まで短パンしかはいたことがなかった宏介が急にお兄さんに見えたのか、涙ぐんでいました。

宏介の周りにたくさんのお友達がスクラムを組んで楽しそう。宏介も満面の笑み。本当に温かな光景が未だに目にやきついています。

体育館で始まる卒業式典。シーンとした中で一人一人の名前が呼ばれる中、「太田宏介さん」と、他の生徒と何も変わらず〝証書を受け取り〟の練習の成果一二〇％で降壇していました。

六年前の入学式の日、キーキー言って体育館を走り回り、ズボンのベルトは取ってどこかに投げ捨て、お尻が半分見えてもかまわず奇声を上げて走り回る姿を、先生方、父兄、子供たちはどんな気持ちで見ていたことでしょう。

私は、これから始まるであろう小学校生活を思い、ドッと疲れ、お布団かぶって泣きました。よかれと思い選択した道。まちがっていたのだろうか。

教育委員会にかけ合って決めたこと。通園施設の園長先生から「親も子も苦労する道をなぜ選ぶ！自分は反対だ！」そんな声が一気に私の胸に突きささってきました。

でも、もう後戻りはできない。同じ人のまねができるなら、普通学級の中でまねて学んでいってほしいという願いをふるいたたせ、翌日からの小学校生活に臨んだことを思い出すのです。

そして二時間もの卒業式は何事もなく終わりました。

宏介は皆と同じように立ち、拍手をし、着席し、礼をして、どこにいるのか分からないくらい皆と同じ行動ができました。

卒業式が終わり、お友達がいっぱい宏介の周りを囲みました。その姿にあふれる感動がありました。親が、家族が、何ができるものでもない。先生の、生徒たちの、そして父兄の温かい見守り。地域の方々へ感謝以外の何ものもありませんでした。宏介の人生の基盤になった六年間だと思うのです。

中学生だよ、宏介

このタイトルをつけてまた書けなくなった。書けなくなったなんて、何か悩める流行作家みだいだよね。思い切って休業宣言。一週間休んだら、三月になる。三月一日に再スタートすることにした。書けないというより、書くエピソードがこの中学時代あまり無いんだよね。先生方のご苦労は続いただろうけど、我が家には入ってこなくて、愛子さんも思い切って仕事に励み、オバアチャンは家事にフル稼動。

書けない時の、愛子さん講演用下書き頼み。でも愛子さん、この部分はサラッと流している。「中学校」という文字が出てくるのは次の通り。

「地元の太宰府西小・中学校を卒業し、進路に迷いましたが八女の筑後養護高等部に入学しました」と一行にもなっていない、中学校。「便りがないのはいい便り」ということでいいのかなあ。でも、中学に入る時はやっぱり地元中学校への呼び出しはあったよ。

小学校六年の担任だったI先生と校長と中学校を訪ねた。このI先生にもお世話になったな。宏介の最初の絵の個展をした時に、会場でミニミニ同窓会をやってくれたりした。今でもおつきあいあり、有難い。

中学校からの申し出というのは「友達ができやすいと思われる養護学校の方がいいのでは」とのことだった。愛子さん「やっぱり宏介の進路が一つの前例になるのを気にしたんじゃない？　中学校側は」と今は言っているけどね。それもあるだろうけど、素直に受け止めれば、確かに養護学校の方が宏介の環境にはいいだろうけどね。それだと、これまで小学校の普通学級で六年間過ごしたのはなんだったのか、ということになる。地元の中学校に入る、とにかく入ることとなった。この時はその一回だけでスンナリだったと思うけどね、教育委員会に出向くこともなかった。

中学校ではクラブ活動があるよね。宏介は何と剣道部に入ったよ。担任の先生が剣道部を指導されていたからかな。この中一の時に初めて男性の先生が担任ということになった。

プライベートではスイミング通いは変わらず、絵の教室通いもね。絵は少しずつ熱心になったのかな。

中学校の時のエピソード三つ。

一つは、先生が宏介に出席をとらせてくれたこと。「A敬三君」とか「E亜希さん」とかね。このことが中学校を卒業し十四年経った今でもいかされていて、駅などで宏介から「フルネームで声をかけられて嬉しかった」という同級生からの賀状が来たりするよ。姓だけでなく名も覚えてくれていることが感激のよう。ただ、自閉的傾向の宏介にとって姓と名はセットになっているので、フルネームは楽勝なんだよね。

エピソードその二

あろうことか、宏介の絵が評価され表彰されたんだよ。二十歳の時に画集を出したんだけどね、その画集の付録みたいなものがついていて、宏介と関わっていただいた先生方や友人が絵について一筆啓上してくれている。この画集は二千五百円だったんだけど、この付録を読み返すたびに「私にとってこの付録だけで千五百円の価値がある」と心から思っているよ。ということは、あと画集が千円ね。そのくらいあったかいメッセージだよ。

この絵のいきさつを、その付録にメッセージをくれた宏介三年の時の担任Y先生の文から引用してみるね。タイトルが「宏ちゃんと受賞」とある。

昼休みの職員室には、笑顔を振りまき「よ！」と手を振り、大きな声で先生方の名前を呼ぶ宏ちゃんの姿がありました。先生の間でも生徒の間でもアイドルだった宏ちゃん。そんな彼の得意なことは絵。でも、いくら私たちが「描いてよ」と頼んでも描いてくれません。宏ちゃんが中学三年生の四月だったか新聞記事に「魚の絵コンクール」というのが載っており、「彼の絵を専門家に評価していただき、賞をいただけたら」という軽い気持ちでお母さんに相談、応募しました。彼の絵は、なんとも言えない構図と配色が特徴であり、持ってきてくれた作品には、赤と青、黄のかわはぎみたいな魚が描かれていました。そして七月、学校に飛び込んできたのは、特別賞受賞の知らせ。専門家に彼の絵のよさを理解していただいたことに喜びを感じたものです。

そして同時に、生徒の得意なことやよさを外部に向けて教師自身が発信していくことの大切さを知らされました。新鮮な目で物事を見つめる宏ちゃんの絵。これからも楽しい絵を描いて下さいね。楽しみにしています。

こういういきさつがあっての応募そして受賞。これを転機に、絵に少しずつ熱心になっていったのかも。ただY先生の文にもあるように、「描いてよ」と言っても全然ダメね。絵は通っている造形教室でしか描かない。これは今でもね。だから我が家には絵筆はもとよりないし、いただきもののクレパス、マーカーなども開けた形跡なし。

オバアチャンは中学ではイジメを心配していたけどね。Y先生の文の最初、職員室に入ってくるところなんぞはね、イジメどころか随分気楽にというかマイペースだったんだよね。有難い話。

エピソードその三

これには私が登場する。宏介の二年の時の担任だったK先生は、宏介が卒業する年に定年退職されることとなった。

ここにE亜希さんが再登場。ちょうど宏介三年の時、今の家〃大借金地獄ローン邸〃を新築すべく隣の団地に借家住まいの頃だけど、E亜希さんから「オバチャンは？」とTELあり。オバチャンお仕事、私が土曜日休みかなんかで電話に出た。「オバチャンはおらんけど、何の用？」と聞いた。宏介がらみだろうからね、亜希さんからのTEL。

「K先生が退職されるので、宏ちゃんにお別れの挨拶をさせたい、そこで宏ちゃんのメッセージを書いて宏ちゃんに持たせてほしい」とのことだった。「オバチャン忙しいからいつになるか分からんけん、オジチャンが書こうか？」と言ったら疑わしそうだったけど、「イイヨ」との返事をもらった。ちょうどその頃、宏介はテレビの「金八先生」を熱心に観ていた。昼間学校から帰ってきて旧作の再放送を見る、別の日の夜、新作を観る、そんな日々だった。旧作の主題歌が「贈る言葉」で、新作の主題歌が「スタートライン」。この二つの歌を使って何かできないかと考えて、次のような文を書いた。

「僕は三年B組金八先生をみるのが好きです。今日はK先生に僕が贈る言葉を言います。K先生、西中をやめて来月から新しいところでのスタートラインですね、ガンバッて下さい。西中にも遊びに来てください」。だいたい内容はこんなものだったはず。

E亜希さん宅とは家族ぐるみのおつきあい。ファックスを送った。亜希さんからのTELを受けて三十分後ぐらいだったかな、ファックスを送ったのは。亜希さん、ビックリした様子でTELあり。「オジチャンすごい。直すところないので、宏ちゃんに学校に持たせて」とのことだった。「直すところない」とホメられて、私は嬉々としたことでした。

それからは、亜希さんの猛特訓が始まる。他の生徒にバレないように小声で読み方の練習、その成果が問われる日が来た。亜希さんの他の生徒も何も知らないところでの宏介登場。小さな声でボソボソしゃべる。何のことか分からない。K先生も他の生徒も何も知らないところでの宏介登場。小さな声でボソボソしゃべる。何のことか分からない。ここで亜希さんハタと気がついた。「宏ちゃんストップ！　やりなおし」。宏介は練習どおりの小声でボソボソしゃべり出したんだね。「宏ちゃん、今日は大声で」と亜希さん。奇声も含めて大声が大好き宏ちゃん、ニッコリ笑ってその後、大声で見事に読みあげたんだって。K先生は大感激。以上は後日、亜希さん、Y先生から聞いた話。この亜希さんとはずっと仲良しで、バレンタインチョコをいただきお返しをする仲。熊本の畳屋さんのお嫁さんになった。畳屋さんはなかなかの好青年。結婚式にも宏介は熊本まで出かけたよ。

このE亜希さんの宏介画集へのメッセージを、ここで引用しておこう。お姉さん目線でね、優しく宏介のことをとらえているよ。

今年で宏ちゃんと出会って十三年目になりました。振り返ると、私にとって宏ちゃんとの出会いは大きな意味を持っています。私の中で「太田宏介」という一人の人間の存在は、とても大きいです。

小学生の頃、いつも席がえで宏ちゃんの隣を希望して、足し算や引き算を教えていたのを思い出しました。宏ちゃんの絵の教室にも一緒に参加させてもらいました。あの時は宏ちゃんの大胆な発想に驚きました。絵の具を使ったすみ絵みたいな絵や粘土で作った美味しそうな果物は小学生の作品には見えなかったです。絵の作品以外にも、宏ちゃんの成長ぶりには驚いています。私は宏ちゃんと、会話のキャッチボールが続くようになったことが一番嬉しいです。これからも、ずっと宏ちゃんと友達でいたいです。

宏ちゃんほど、みんなに好かれていて、友達が多い人はいません。宏ちゃんは、一度出会った人の名前は絶対に忘れません。そして、誰に対してもやさしいです。宏ちゃんのいるクラスは団結があり、必ずいいクラスになります。私は、そんな宏ちゃんが大好きです。現在、私は大学で福祉の勉強をしています。宏ちゃんとの出会いがなければ、福祉には触れていなかったと思います。いろんな意味で宏ちゃんには、たくさん感謝しています。

なかなかいい文章でしょう。私が宏介の代わりに書いた文を「すごい。直すところない」とホメてくれた娘さん。最初で最後の、私の文をホメてくれた女性。宏介ともどもよろしくお願いします。

そんなこんなで、中学校を卒業した。

Ⅲ 宏介、社会に出る

養護学校高等部そして寄宿舎

「特殊学級から養護学校というコースを私も勧められていますが、宏ちゃんの地元小・中学校に通ったのとどちらがいいでしょうか？」

こういう問い合せがあったとする。いや、現にあったんだけどね。私はこう答える。「正直いって分かりません。特殊学級・養護学校の良さ——多々あるであろう良さを経験していないので」。親切でないようだけど本音はこれ。特殊学級・養護学校はその子のレベルに従って「読み書きソロバン」を教えてくれるかもしれないしね。

三年前になるかな、宏介は何よりも大切な療育手帳を落としてパニックになったことがある。天神の派出所から電話があって一件落着したけれども、宏介はかなりのマゾだからこの失敗はずっと尾をひく。風呂掃除の時とか入浴中とか一人でいる時に、この失敗例のことでブツブツ独り言を言うクセあり。この場合でも「手帳あるってよ」と電話を受けた愛子さんの口マネで思い出したように言って、ちょっとイライラする。随分以前の話もね、「ダイエーで迷子になった」。それって二十数年前の話だろうということもあったりする。

この療育手帳が踏まれたりしたかで汚れていたので、再発行を申請した。その際、何年ぶりかの重度とか軽度とかの判定を受けることになった。そのテストをする医師のいる病院というのは限られているんだけど、幸いオバアチャンがかかったことのある近くの病院で受けることができた。宏介と私とで出かけた。最初に、宏介の日常を聞かれた。

朝、起きてダイエット運動をし、風呂掃除をし、バス、電車、バスで作業所に通い、晩ごはんは自分であたためたりして食べ、夜に洗濯し天気予報で確認し、OKであれば干す。週に二回絵を習い、週に一回スイミングに通う。ありのままを述べたつもり、医師は「ホウ」と感心していたけどね。

宏介への質問に移った。「名前は?」。宏介何を思ったか、医師の名札を見て「〇〇です」と医師の名を言う。「14引く8は?」、「148です」、だいたいこんな調子だった。医師いわく「お父さんのお話だけだとすばらしいけど……」。

しばらく間があって、「私の正直な感想を報告していいですか? 判定は現状どおりということになりますけど」とのこと。私はニンマリして「構いません、見てのとおりですのでね」。それで重度のままとなった。

宏介は「14引く8は?」はできないけど、お小遣いを持ってDVDやCDを買いに行くし、その店になければ予約して入荷待ち、連絡待ちしたりできる。うがい薬も買えるしね。「14引く8」より私にとってはこちらの方がよい。日常の家事手伝い、自分の部屋の片づけ、これなど見事だよ。部屋の片づけなど兄の信介などは見習うべきだし、時間厳守など母の愛子さん、ぜひ見習うべき。

中学卒業後のことはまた考えなければならない。二者択一は世の常だな。私だって熊本で高校卒業して浪人して、京都の私大と福岡の私大に受かって二者択一。京都は文学部、福岡は経済学部。経済学部の方が就職には有利と聞いたことと、オバアチャンの「一人ぐらいは九州にいてくれんかなあ」の一言、兄が京都に就職していたからね。それで福岡の私大の経済学部。この就職云々の学部選びって全然意味ないね、今にして思うと。とにかく勉強しなければどの学部だって同じ、ヤッパリ勉強あるのみですよ。

もう一つの選択、京都の私大文学部の歴史学科かなんかを選んでいたら、歴史は好きだし京都はそれこそ宝庫だから、おもしろがって勉強したかもね。それと、京都にロケに来ていた吉永小百合と偶然に知り合っておつきあいし、結婚したかもしれない。

とかく二者択一は人生の中で何度もある。

宏介の中学卒業後は養護学校の高等部しかないな、とボンヤリ思っていたけどね。前述のK先生、Y先生ともにそれに反対だったな。

理由は「せっかく普通に小・中進んだのに何を今さら」というのと、「いずれ作業所に通うことになるだろうし、それなら早い方がよい」との考え方。K先生はお勧めの作業所のリーフレットなどを取りよせてくれたりした。

私は、作業所にはいつでも入られるのなら三年間はノンビリさせたいな、宏介には時間は腐るほどある、と思った。でもこれまた一苦労。福岡がいいけど、ここはある程度の学力がなければダメ。もう忘れたけど、なんやかんやの後、八女の筑後養護学校の面接を受け、ここにお世話になることになった。ただね、ここには通学とはいかず寄宿舎生活がネックとなる。どうしてここに行くようになったか、完全に忘れている。こういう時にはいつもの、講演のための愛子さんの下書き参照。それにはこうある。

八女の筑後養護高等部寄宿舎生活が始まりました。私と姑は反対しましたが、夫と長女と長男は絶対寄宿舎がいいと言うのです、宏介は本当はもっとやらせたらできるはずなのに甘やかしている、寄宿舎に行ったら色々なことを教えてもらい、できる子になると思う！　そんな強い意見に、私は、明日帰って来たっていいんだからね、そんな気持で月曜の朝高速で送り届け、金曜日昼にお迎えに行く三年間を過ごしました

やたらと「！」が多いよね、愛子さんの文章。ある意味、情熱の女《ひと》だからね愛子さんは。私は冷静。そうか、私は勧めたんだね、長女・長男たちと一緒にね。長女・長男はここに出てくる「甘やかす」を非常に批判していたな、私と愛子さんのその姿勢を。私には「厄介者払い」の気があったのかなあ、この寄宿舎の件。ひどい父親ではあったけどね、冷静ではあっても冷酷ではないはずだけど。「ワカンナイナア」。これは宏介の得意のセリフ、ここでは私が引用しました。

ここでも愛子さんから聞き書き。お陰さまでこれを書き始めて約一カ月なのに、愛子さんと十年分ぐらいの会話あり。書き終わる頃には、随分と仲良し夫婦になっているかも。

「ここで何か困ったことはなかった？」と私。愛子さんは「毎度のことだけど四月、環境が変わる時、宏介はイタズラする」と言う。「学校から呼び出しがあってね、弱そうな生徒を宏介が押したり叩いたりするんだって」、「これが続くようだと寄宿舎生活はムリですよ」と先生。

宏介はコレをやるんよね。その後も続くんだけど、節目節目で悪い印象を与える言動をとる。言葉は、奇声と「殺すぞコラ！」とか。行動はハサミを振り回すとかね。宏介が加害者になるっていう私が一番おそれていること。それに宏介は充分にマゾであって、こういう言動は「怒ってくれ」、「叱ってくれ」というデモにも思える、厄介にも。

これらは高等部入学時のことではなく、その後に気づくことなんだけど、この愛子さんの話にもその萌《ほう》芽《が》が見られる。随分後、「工房まる」という作業所に通所するけど、そこのオーナーとの面談があって、オーナーからも「宏介はマゾのところありますもんね」との発言あり。面談中、かなりの部分「宏介マゾ論」となったりした。

送り迎えは愛子さん。ダメ親父は運転免許を持っていない。「営業マンだったんでしょう？ 困ったでしょう？」の声あり。「困ります」と私。ある時、愛子さんと何かの行事で車で学校に行ったことがある。高速の追い越し車線を「コワイヨ、コワイヨ」と連発しながらスピードをあげていく。同乗者の方がコワイヨ。

送り迎えの車中は宏介のCDを聴く時間。例の怪獣戦隊シリーズ主題歌とかアニメ主題歌が主。今でも愛子さんは口ずさむことができるはず。

色々あってスタートするけど、明るい性格でニコニコしてるし協調性もあるので、寄宿舎生活にも結構早くなじんだみたい。もっともオシャベリで表現できないからうっせきしたものがあって、荒れたりすることシバシバね。

寄宿舎生活で身につけた、現在にも続いているスバラシイ生活習慣エトセトラ。

一年の夏休み帰省中にやったこと——風呂掃除、洗濯し干して取りこみ畳む。夜に洗濯し干す時は、TVの天気予報をチェック。ちょっとした料理——ウインナーに包丁でちょっと切れ込み（？）を入れてフライパンでとか。布団干し毎週一回。私なんかは、シーツとか布団につけたまま干してバンバン叩いて終わりだけど、宏介の布団干しは、枕カバー、シーツ、毛布をすべて洗い、はだかにした布団を干すという

メリット
バス
マジックリン

本格的なもの。

この家事は今も続行中。年金生活者の私が毎日、家をホウキで掃除し、その後モップでみがく。毎日してもかなりの量のゴミを掃き出すよ。ネコが三匹いるのも影響ありかな。あと、宏介が苦手とする草取りとか水まき、玄関を水を使ってゴシゴシ。月曜の燃えないゴミ出しと、月曜・木曜の燃えるゴミ出し。とにかく愛子さんにとって家事はおかずを作ることの一点にしぼりこむようにね、宏介と役割分担している。私は少し罪ほろぼしの気配はあるかな、四十代後半まで「家庭をかえりみず」の生活態度のね。

引用ばかりするようだけど、例の画集の付録から寄宿舎の先生の文を借用します。だって、私にとっては一番分かりやすいもんね。


宏介君は、五年前筑後養護学校高等部に入学すると共に寄宿舎に入舎してきました。宏介君（こーちゃん）とは、寝食を共にした仲です。

入舎当時は、不安と寂しい思いもあったでしょうが、舎生活にも馴染み、「自分でできることは自分でする」をモットーにいろんなことを頑張ってた宏介君！　もちまえの明るい元気な宏介君！　いちばん印象に残っていることは、帰省日前になると、「明日はお家に帰ります」と言いながら大きなバッグに荷物を詰め込んでる時の嬉しそうな顔。また、くつろぎタイムの時間みんなの前で、マイクをにぎりしめて「KinKi Kids」の歌をうたっている時の満足そうな顔。もうひとつ忘れられない宏介君の顔があります。それは、宏介君が二年生の寄宿舎夏祭りの時、宏介君が描いた絵をプリントしたTシャツを、お父さんと一緒に販売してた時の得意げな顔。

そういえば、その時が、宏介君がこんな素晴らしい絵を描くということを知ったきっかけでした。

お母さんから「宏介が描いたTシャツをバザーにだしたい」という話があった時、「エーッ、宏介君が絵を」と言ったものです。その数カ月後に宏介君のTシャツの原画やそれまでに描かれた絵を目にすることが出来、それ以来宏介君の絵の大ファンになりました。（後略）

この後、作品展で「ダーラナ鶏」を買っていただき、その絵の賛辞など有難いコメントが続くのだけどね。宏介の寄宿舎での生活ぶりを伝えたくて引用させてもらった。でも、書き写しをしていたら「アー、これは書ける」という題材が出てくるね。

例えば「自分でできることは自分でする」。この文を月曜日の朝から書いているけど、月曜日は作業所お休みの宏介は、周りをウロウロ。

鼻歌まじりで風呂掃除、洗濯、自分でミソ汁をあたためて、これは愛子さんがむいたリンゴ半分の朝食を食べて、「行ってきまーす」と造形教室へ。その間、一時間と二十分。まさしく「自分でできることは自分でする」。

次に帰省のこと。金曜日に愛子さんが迎えに行くんだけどね、さすがに嬉しそうな様子。土曜日にはスイミングに行っていたのかな。

日曜日、これがクセモノでね。午前中はまだいいけどね、TVを観たり、CDを聴いたりして過ごす。午後三時頃になると、二階の自分の部屋から大声で叫ぶ。マゾである宏介は叫びながら私や愛子さんがたしなめるのを待っている。たとえば愛子さんが「ヤメナサイ！　ご近所に迷惑」とたしなめると、どうなるか。「ヤメテ、私が困る」の方がまだいい。「ご近所に迷惑」——これにマゾの宏介は食らいつき、揚げ足をとる。外に出て「近所の人たち、ゴメンナサイ」と大声で連呼。私も愛子さんも困ってしまう。チェッと私は舌うち。夕食時は宏介のイラダチが最高潮に達する。

例で言うと、「ご近所に迷惑」といったことばをしつこく食事の間中、しかも大声で叫ぶ。楽しく飲みながら夕食にしようと思っている私は、ついムカーッとするよね。そしたら「お父さん怒っているかな？」とのぞき込むんだぜ。「怒っていない」と言うと、「怒っている」を何度も何度も。「早く寄宿舎に帰れ」と叫びたいことシバシバ。楽しくおいしく食べる日曜日の夕食なんて、望むすべもなかったな。でも、夜は絵画教室に通っていたからね。絵は随分と熱心で、この頃急速にうまくなっていった気がする。

日曜日午後からの荒れ模様は、我々の月曜病と同じ病状をストレートに出していると言えるのでは。「アー、また明日には寄宿舎に帰って学校か」。「学校か」の部分を会社かに換えたらね、思いあたること多々ありでしょう。

あと「KinKi Kids」ね、これはもう大ファン。「愛されるよりも愛したい……」といつも歌っていたな。先生の文で「夏祭り」ってあるけど、その時もカラオケで歌っていたよ。わりとうまい。そうそうK・K（これは桑田・清原のことではなくKinKi Kidsのこと）の福岡ドームでの公演も宏介は観に行ったはずだよ。

それと随分後だけど、この「愛されるよりも……」が主題歌のTVドラマのビデオを盛んに借りていた時もあったな、もちろん主演はK・Kだったけど。怪獣戦隊ばなれするかと思ったけど一時的なもので、また怪獣戦隊や仮面ライダーに戻って現在に至る。「怪獣戦隊って書いてあるけど、スーパー戦隊ではないか」との指摘あり。それだったらそういうことでよろしく。これからは直しましょう、スーパー戦隊にね。

その後、宏介は「TOKIO命《いのち》」。

あとね、「Tシャツを、お父さんと一緒に販売していた時の得意げな顔」とあるよね。

こんな文があると、「なかなかいいお父さんじゃない」と思うでしょう？　根はヤサシイんだよ私は。

ただしつこくからむ宏介に辟易《へきえき》していたのは事実でね。何度かつかみあいをしたり、噛まれたりもしたよ。歯形《はがた》がしばらく残るほど噛むからね、自閉的傾向者は。


次にTシャツの件。これは宏介の初期の水彩画時代のもの。T亜希さんの言う「絵の具を使ったすみ絵みたいな絵や……」この墨絵みたいなクワガタのオス・メスの絵をTシャツにした。このTシャツは大好評だったよ。原画も非売品で、愛子さんお気に入りらしく玄関に飾ってある。シンプルでいいよ。寮の先生の文のお陰で、宏介のこの時代のことを随分書けたな。私も少しずつ賢くなっているな、作家としてね。

あと、この時代のことではね、宏介はドンドン肥えだしてね、かなりの肥満児になる。K君とO君とで肥満トリオを組む。この三人に太目の先生が加わって、休み時間にダイエット目的ジョギング。あまり効果なし。


授業のことだけど、実習は好き嫌いがはっきり。木工は大好き、園芸は嫌い、草取りはエスケープ。知的な水準としては健常児だったり、軽度だったりの生徒が多く、宏介の重度の方が少数派だったかな？　このへんもあいまい。

ただ文化祭での演芸みたいな催しではね、女性の先生に「彼氏はおると？」などカラカッたりする軽度の生徒が、本番では尻込みして役に立たないのに、重度の宏介があまり練習は熱心でないにもかかわらず主役級の顔でなかなかどうして、ということになったりした。

軽度、重度の比較ってあまり意味ないけどね、中学から養護学校に入っていた軽度の生徒はある意味過保護児だったのかも。

一方の宏介は、勉強はできずとも健常児に囲まれて社会性みたいなものを身につけることが少しはできたかも。マア個人差というのもあるしね、どちらが良いとか悪いとかの話ではない。

この三年間はね、オバアチャンいわく「行くも行ったり、やりもやったり」、まさしく勢いというか「時の流れに身をまかせ」だな。

宏介兄も「俺も大学で熊本に行った時、かなりサビシくツラい思いしたけど、宏介よくやったよな」と後になって言ったりしたけどね。

自閉的傾向者のそれこそ傾向で、いったん行くとなったら腹を決めてそこに落ち着くのかも。学校の授業云々より寮生活の経験がすごく役立つことになったかな、宏介のためにも愛子さんのためにもね。寮だと食べ物の好き嫌いは言えず、苦手な魚や卵も泣きながら食べていたはずだしね。

三年の秋だったか初冬だったか、就職のための実習というのがあった。どこかのお店などで一週間ぐらい働いて様子を見てもらおうというもの。できるだけ家から歩いて通える所というのでこれは難しい。先生は筑後から太宰府に来てとびこみであたるわけだからね。「先生、作業所に厄介になるつもりだから実習ムリしなくてもいいですよ」と言ったりしたんだけどね。先生は随分と熱心で、我が家から歩いて十分もかからない所にあった造園業というのかな、花屋さんの親分みたいなところを探してくれた。

宏介の不得手の園芸だったけどね。翌日から弁当を持って出かけた。宏介はこれまでも「嫌だ！」とグズることはない。これは親としては大助かりね。

二、三日して散歩ついでに様子を見に行った、やさしい父だからね。宏介に気づかれないようお店の中から外で働いている宏介を目で追った。オバサンに指導されながら鉢を移したり、お店のオーナーの話だと水をかけたりする仕事をやっている様子。お店のオーナーは「自分自身が身体障がい者であるので、先生の話を受けた」と言っておられたな。宏介はニコニコして楽しそうだった。

この話をしたら、宏介の成長を見つめることをライフワークとしていたオバアチャン、大喜びしたな。約束の終わりの日に挨拶に行った。「随分役に立って戦力でしたよ」とオーナーとオバサン異口同音。大きな鉢をもらって帰宅した。宏介の好物カレーライスで夕食、宏介一人で二合五勺食べた。

この時、もしかしたら宏介は半人前はムリでも四分の一人前ぐらいにはなれるのでは、とチラッと思ったりしたがすぐに、期待するのはやめようガッカリするから、と思いを打ち消した。こうして宏介は今や義務教育化された感じの十八歳までの教育期間を終えた。

「ヤレヤレ」と「どうする？　宏介」と複雑な心境だった。絵には年々熱心になっていった。

「工房まる」への道

高等部を卒業したら、いよいよね。宏介の仲良し肥満児二人は就職した。宏介は大人になっていく骨格づくりというか、現在の宏介にとってすごく重要な場所となった「工房まる」に通うことになった。宏介の「大人度（?:）」を作っている四割は松澤造形教室、四割は「工房まる」、二割がご両親（?:）。ご両親じゃないね、愛子さんだな。

松澤造形教室と「工房まる」との出合いがなかったらどんな宏介になっていたかね、想像もつかないな。そんな「工房まる」に入所するまでのいきさつは色々ありそうだけどね、例によって私はノータッチ。ここはそのイキサツを二たび三たび愛子さんに登場してもらいます。愛子さんよろしく。

筑後養護の高等部を卒業後の進路の話は、一年の夏から始まりました。まずは療育手帳を作ること。作らないと就職もできない、と言われました。私たちの中では「障害を持っていてもなるべく公平に生きる！　障害だから割引とかしないでいい！　支払うものは支払う！」と、あえて手帳は作らずに来ましたが、宏介の身を明かす証明書がないと就職活動もできないことを聞き、改めて夫と宏介と三人で児童相談所へ行って手帳を作るための判定を受けました。そして重度A障害ということが分かり、最重度の次に重い障害なんだということを認識しました。

そんな宏介の進路という時、せっかく寄宿舎で洗濯してきちっと干してきちっと畳んで、お風呂の掃除も毎日し、自分のベッドは毎週お布団を干し、シーツ、毛布、枕カバーと洗い、きちんとベッド・メイキングをするのです。料理、アイロンかけと、自分でやる喜びを寄宿舎でしっかり身につけていましたので、この習慣はぜひ継続させたいと思いました。

卒業後、どこか寄宿舎のようなところはないだろうかと思っていました。職場でもその頃はよくそんなことを口にしていたと思います。ある週刊誌で鹿児島市内に障がい者のアートを育てる学園があることを知りました。特に陶芸に力を入れているという文面で、切り抜いておこうと思ったのに分からなくなってしまい、職場の鹿児島にいらっしゃる方々に週間誌に出ている話をしましたら連絡があり、それは「しょうぶ学園」であることが分かりました。

早速、見学に行かせていただくよう連絡を取っていただき、訪ねてみました。陶芸をはじめ編み物、絵画、色々な創作活動を意欲的に伸ばしている学校で、寄宿舎もありました。「ここだ、探していたのは！」と思い、入園するにはどうしたらいいのか伺うと、人気があり「六十人待ち」と言われたのです。

誰かが出ていかないと空かないことを伺い、これはかなりむつかしいのだなと思いました。でも、「宏介はしょうぶ学園に通えたら、今以上に色々なことに力がつくかも知れない!!」と思い、いつの日か行ける日が来るように練習をしておこうと、福岡と鹿児島の間を、筑後養護と同じように金曜日福岡に帰り月曜日戻るというスタンスで、一人で鹿児島と福岡の往復ができるようになるように、学校の休みの度に練習を始めました。

今思えば、行ける可能性ってないに等しいのに、高二の夏休みから、まずは高速バスの運転手さんにお願いして、鹿児島に着いたら私は飛行機で先回りをして鹿児島のバスセンターで待つ。そしてタクシーでしょうぶ学園まで……。次は反対に鹿児島から福岡。鹿児島の職場の人たちに協力をしてもらったり、休みの度に試みたのですが、高三の三学期に、やはりしょうぶ学園は無理ですとの連絡がありました。その後何とかなりませんか、宏介は行くところがありませんと訴えると、「どうしてもと言われるなら、園長先生の自宅にホームステイされませんか。そしてそこからデイケアーという形でしょうぶ学園に通所という形だったら……」と言っていただき、そういう形でも行けるなら良しとしよう、と思って準備にかかっている時、またしょうぶ学園から電話がありました。

「実はしょうぶ学園と同じような考え方で福岡でアートを頑張っている無認可の作業所がありますよ、行ってみられませんか!!」という連絡でした。しょうぶ学園は一年に一回、天神で作品展を開き、好評だということを聞いていましたが、その最終日のことだそうです。「工房まるのスタッフが来られ、終わってから一緒に飲んだんです。若いけどとても考え方が前向きで、型にとらわれない、自由でおしゃれな感覚がとってもいいと思いましたよ!!」とおっしゃいます。突然のことで驚きましたが、夫に言うと、「しょうぶ学園に来てもらいたくないから言っているんじゃないのか!!」と言います。

「とにかく行ってみよう！　自分の目で見てみないと！」と翌日、出かけていきました。こんな所に……と思うくらい古い民家だったのを改造して作られた作業所でした。でも、そこにいるメンバー一人一人がとてもいい顔をして生き生きしていました。思い思いに何か創作していました。スタッフもメンバーもおしゃれで、明るく楽しそうでした。とってもいい空間という感じで、いわゆる作業所という雰囲気（同じものを作業しているという感じ）がなかった。

とても気に入りまして、「通所できますか」と伺うと、送迎バスは市内しかないこと、自主通所で

わかり

すきやき

あること、それと「工房まる」は九割が車イスの子だから、体が健常な子が入るには違う心配があります、と。たとえば不自由な子を押したり、無抵抗な子を叩いたりと危害を与える心配があるので、宏介の様子を見ないと通所できるかどうか分からない、その上で通所許可を出します、と言われたのです。

それから一週間後ぐらい、春休みを待って「工房まる」通いが始まりました。その一週間、それはそれは大変でした。夫とおばあちゃん、子供たちにすごーくよかったことを言い、しょうぶ学園よりずーっと近くで通所できるならこんなにありがたいことはない、と母も少し安心したようでした。

でも、二週間通所させてみて決めるということで、それから宏介の持ち物すべてに住所、名前、家の電話番号、私の携帯番号、宏介の状況――会話はできず単語のみ、おうむ返しであることなど、バッグはもちろん洋服のポケット、靴の中、あちこちに書いて、通所の練習から始めました。

「工房まる」に行くには、自宅近くのバス停から下大利駅、そこから西鉄電車で天神まで。天神からバスで野間三丁目。そこから歩いて五分というコースです。本当は天神に行かず西鉄高宮で降りた方が早いのですが、電車を降りてバス停まで距離があり、学生が多いため、からかわれたりしたら対応ができないだろうから天神の終点までの方がいいだろう、と思いました。かなり交通費がかかるのですが、宏介に説明しやすいコースを選びました。

宏介に道順を教えるのには、夫にも子供たちにも協力してもらい、一人で行けるかどうか尾行したり先回りしたり、本当にドキドキしながらの練習でしたが、宏介は何ともなく、簡単にクリアしました。親の心配をよそに、スムーズに「工房まる」からの許可も下り、「工房まる」への通所が始まりました。

「工房まる」で二年過ぎた秋のこと、「しょうぶ学園」から「突然の空きが出ました。熱心にしょうぶ学園の入学を望んでいたからこられませんか！」との連絡がありました。家族で考えた結果、せっかく空きがあるのだったら、火・水・木は「工房まる」、金・土・日・月はしょうぶ学園というコースを一年頑張りました。でも宏介の様子を見ていると無理があるみたいと判断して、しょうぶ学園は止めて従来通りの「工房まる」へ通うようになりました。

宏介二十歳

宏介はバス・電車・バスと乗り継ぎして「工房まる」に通う。スタッフ三名とメンバーが十四名ぐらいだったかな、アットホームでとてもいい感じの作業所だよ。

ここに入所するまで、愛子さんと四カ所ぐらいの作業所の見学に行った。歩いて通える所とかね。マアー、福祉のお世話になるんだけど、福祉、福祉しているのはイヤだみたいなね、私は天邪鬼なんかなあ。スタッフがトレーナーを着て、スリッパとかね、トレーナーがいかにも、という感じでイヤだ。見て回った作業所の中には、部屋全体が何となく暗い雰囲気のところとかもあったな。

話が逸れるけど、福祉、福祉しているのもイヤだけどね、もう一つ、ボランティアというのもイヤだなあ。何かウソくさい。

定年退職してブラブラしているから、団地のボランティア活動している方からお誘いを受ける。「一緒にボランティア活動しましょう」というお誘い。学校の下校時の見張り番（？）とか、いこいの家の管理人とかね。「タダでしょう？　タダじゃあ働きません、たとえば月に二千円の図書券がお給料がわりとしてもらえるなら参加してもいいけど」と言う。何かしてタダというのはね。もっとも私の方が少数派でかなりの人がニコニコして活動してあるからね。

「工房まる」では、スタッフもメンバーも明るく笑顔がたえないし、オシャレだしね。いっぺんに気に入った。遠いのはちょっと気がかりではあったけど，バスや電車に乗るのは大好きな宏介だからね。練習を二，三回やれば，例の自閉的傾向がうまく作用して何とかなると楽観していた。

「楽観」って書いたけど，この頃の私が宏介に感じていた気持は，楽観とはいかないまでも悔やむのはやめようとか，なるようにしかならないという程度まではなったよ。愛子さんの「明るく前向きに」には程遠いけどね。

長女，長男もカッコ良くいえば放任主義，普通に言うとホッタラカシだったけどね。特に宏介が生まれ，知的障がい児と認定されてからはね，ホッタラカシの傾向は特に強くなり，「勉強せーよ」と言うとかうるさく叱ることってなかったと思う。それにしては長女・長男も反抗期という時期もなく良い子に育ってくれたのは有難い話ではある。「親はなくても子は育つ」かな？

だからと言うべきかどうか，長男は「お父さん，特にお母さんは宏介を甘やかしすぎ」，「ホッタラカシでいいんだよ，宏介も」とかよく言っていたな。長男の語録をもう一つ，「宏介の頭，スポーツ刈りやめてくれん。宏介は長髪，普通の若モンの髪型にしたらカッコイイよ，手入れも自分でするはず」というのがあったな。

確かにね，宏介は基本的にはオシャレだな。服とズボンの組み合せとか考えてるみたい。外出着，部屋着，パジャマそれぞれ一日着たら必ず洗濯。もったいないし，傷むのも早いしね。困ってしまうけど，そう悪いことではないし，洗濯するのは宏介だからね。見て見んフリ。だから（急に「だから」と言われてもね，髪型の話の続き）宏介はそれまで私と同じ近所の床屋さんで短くスポーツ刈りをしていたけど，兄のアドバイスにより愛子さんと同じ美容室で長髪。なかなかカッコいいよ。朝シャンして，ドライヤーを使って上手にまとめているな。ちなみに私はドライヤーを使えずにね。若い頃の話だけど，風呂から上がって「オーイ、頭」と愛子さんを呼ぶ。おもむろに愛子さんがドライヤーをかけてくれてたな。美容室の宏介、床屋さんの私。料金が違う、私の方が三割安。

「工房まる」には宏介、嬉々として行ったな。五体満足、医者嫌いの医者識《し》らずだからね。無欠勤に近いはず、「工房まる」。

「工房まる」はまだスタートしたばかりの若い作業所で、三人のスタッフも二十代で兄貴、姉貴という感じ。作業の中心に何をもってくるかというのも試行錯誤中といったところだったかな。そうそう、木工に力を入れた気もする。時計を作ったり、マグネットを作ったりね。

身体障がい者の人が多かったので、五体満足の宏介はかなりの戦力になったようで、作業の道具をそろえたりする準備など、ガンバッていたようだ。時計なんかは天神イムズで売られたりしてたんだよ。私も休みの日に「イムズ」に出かけて「誰か買う人こんかいな」としばらく売り場近くをウロウロしたりしたことあり。〝怪しい人見かけたら一一〇番〟の世界だな。

プライベートではスイミング、これは少し飽いた感じ。自閉的傾向者は飽いてもとにかく続ける、〝継続は力なり〟。松澤造形教室、これは絶好調ではなかったかな。自宅住まいになり、歩いて二十分の松澤造形教室に鼻歌を歌いながら通っていた。その頃の様子を先生は画集のモノクロページにこう書いておられる。

そして現在、宏介君は週に五日は、たった一人で色々な交通機関を乗り継ぎながら、福祉作業所の「工房まる」へ、週に二日は、徒歩で、私の教室へ通う日々を送っています。今では二時間続きのレ

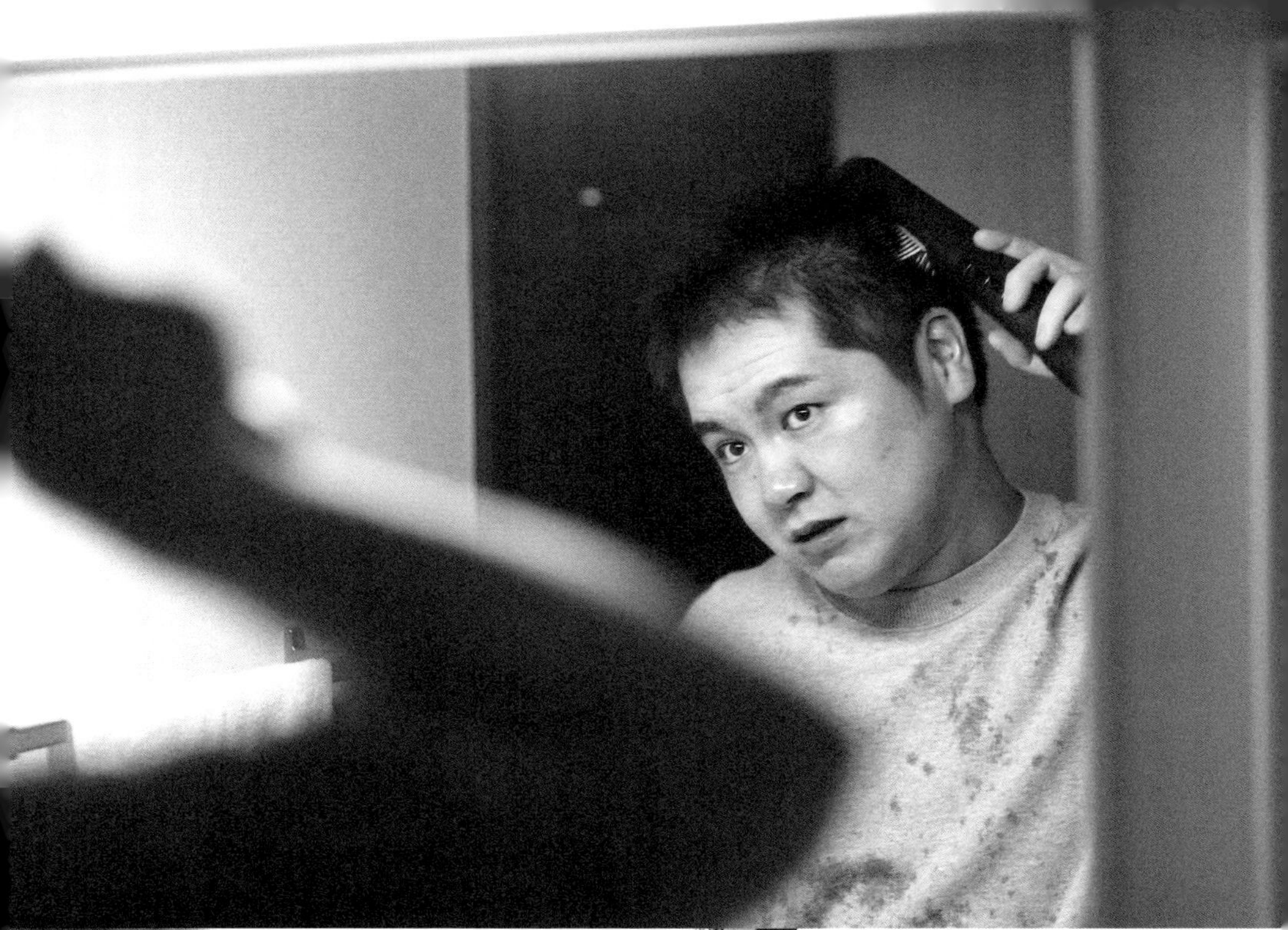

ッスンも、あっという間の集中力です。作業所での緻密な仕事が根気強さを養い、最近、作品づくりに、細やかさと丁寧さが備わってきました。「切り絵」の三点は、そんな中から、生まれてきたものです。

また「工房まる」では、仲間達ととてもいい関係を築いているようで、絵をかきながら、時折つぶやく独り言では、そこでの会話の様子が。楽しそうに再現されます。

造形教室で一緒に絵をかいている仲間達にも、とてもいい刺激を与えてくれています。宏介君と時間を共にするようになってから、色使いが以前と変わったねと言われる子もいます。それに、彼は、絵をかくスピードが、とても速いのです。彼独特の、力強い線は、心に迷いがないからに他なりません。ともすれば、うまくかくことにばかり、気をとられて、なかなか筆がすすまない子ども達に黙って、疑問符を投げかけてくれます。

私達が、固定観念によって、知らず知らず縛られ曇らせてしまった感覚を、二十歳を迎えた今もなお、ピュアなまま、持ち続ける彼。宏介君は、私達にとって、もう一度、原点に戻って、それを取り戻すよう教えてくれる存在です。彼と出逢い、共に歩んできたことで、私自身も、随分変わりました。大切なことは何なのかを、気付かせてくれるのです。（後略）

随分と長い引用になったけど、造形教室での様子がよく分かるし、「工房まる」のことも気づかっていただいているのも有難い話だよ。、松澤先生は私よりも数倍、宏介の成長を見守ってくれてるよ。

何はともあれ、松澤造形教室と「工房まる」とが宏介号の両輪となって〝大人道路〟へ進んでいくことになる。松澤先生宅は我が家から徒歩二十分の所にある。先生宅には〝足を向けて寝られない〟ほどのお世話になっているんだけどね。しかし実際は向けて寝ている、毎晩ね。そうしないと〝北枕〟つまり死人になってしまうのでね。もうちょっと宏介を見てみたい気がするのでね、最近は。死ぬわけにいかない、せめて古稀《こき》ぐらいまではね。

この頃は宏介、水彩画ね。私は、図工は小学校の時の通知表だと2だったな。5・4・3・2・1の2ね。これと体育も2だったな。あとは神童と呼ばれるにふさわしい成績だったけどね、小学校まではね。勉強はでけんでも体育のみ5で、カケッコが速い子は運動会でスターだったな。町単位のリレーは頂点ね、運動会の。うらやましかったなあ、運動会が近づくと「足かなんか折れて休みたい」とまで思っていたよ。図工も然《しか》り。うまい子は学校で表彰されたり、どうかすると市のコンクールで入賞したりしたら全校朝礼の時に表彰されたりした。

私の好きな女の子が絵がうまくてね、表彰される姿はまぶしかったな。でも図工の時間って好きだったな。外に出て絵は十五分ぐらいで描いて、後は遊び時間。この遊び時間は貴重だったな。下手だけど大好き図工。

宏介は絵はうまいとは思わなかったな、この当時は。養護学校で見る他の生徒が好きなタレントを描いた絵などうまい子はたくさんいる。ただ宏介の絵、下手だけど明るさと力強さはあったな。

「工房まる」と造形教室、充実した時間を持つようになった宏介。そんなこんなで二十歳になった。成人式ね。式には行ったな、宏介は。夜にミニ・クラス会があったような気がするけどね、あまり記憶にない。もうこの頃からバス、電車に乗って独りで出かけるようになっていた。香椎花園でスーパー戦隊ショーを観たり、映画に行ったりね。

随分後になってだけど、宏介を〝周回遅れのランナー〟と位置づけることにした。何かにつまずいたりしてね、先頭集団はすでに競技場を出て一般道路を走っているのに、つまずいたランナーはまだ競技場のコーナーを回っている。この先頭集団ほぼ全選手が成人式、宏介はスタートからのアクシデントで競技場内、ここは一つハンディをと思った、うんと後でね。宏介の成人式は三十歳になった時とした、私の中で。少しでも遅れを取り戻せばいいけどね、十年の期間があるから。

この二十歳になった時、何と宏介はそれまでに描いた絵を画集にした。宏介は生意気にも十五歳から年に一回のペースで個展を開いていたけどね、二十歳になった時に新天町のギャラリーで第五回作品展「宏介二十歳のかたち展」を開催。これに間に合うように画集も作った。二千部製作で、お金も随分とかかったけどね。当時、私が勤めていた秀巧社印刷で印刷した。何となくね、テレくさいような、ハズかしいような、ハレがましいような複雑な気持だったよ。

これを第一画集としたけど、全て水彩画。秀巧社印刷のどの作業の部門も熱心でね、立派な画集ができた。もともと秀巧社印刷はカラー印刷の技術には定評があったけどね。作品展が始まる前日、つまり搬入したその日にギャラリーに集まっていただいて、画集のお披露目をした。それこそここまでの拙文にご登場いただいた人たちとか〝宏介のこと応援してまーす〟の人たち。宏介もスピーチしたりして、なかなかのものだった。

この時の個展と画集発刊は宏介の自信にもなっただろうし、私たち家族も〝宏介が大人の仲間入りする手段としての絵〟という考え方をするきっかけとなったと思う。

Ⅳ 水彩からアクリルへ

宏介、水彩からアクリルへ

宏介は十一歳、小学五年生の時から造形教室に通い出した。しばらくはハシにもボウにも状態だったはず。それって宏介とおつきあいしているとよく分かる。ハシにもボウにも状態。ひょんなきっかけで絵筆を取って、それから二十歳までは水彩画ひとすじ。水彩で描いた絵の集大成が、前述した新天町で開催した第五回作品展「宏介二十歳のかたち展」であり、『太田宏介作品集』という画集の発刊ね。

この時の個展の様子を有難いことに新聞各紙が取り上げてくれてね、「新聞を見て来ました」と言う方が随分来られたよ。もちろんその方には記帳していただいて、次回からDMを出すようにしていくんだけどね。DMを出す時に苦労するのは郵便番号調べね。記帳する際は郵便番号を必ず書いてね。

「西日本新聞」は「九州大通り」という欄の中の「出番」という大見出しの所で取り上げてくれている。小見出しが「宏介二十歳のかたち展」会期前の記事で、「魔法の色」の作品群とかの文字がゴチックで書かれていたりしていて、かなりの宣伝になったはず、何しろ会期前だったのでね。

そうそう、「朝日新聞」も会期前に記事にしてくれた。これは隣の団地に朝日新聞社のOBの方が住んでおられておつきあいあり。その方から「朝日新聞」に紹介していただいての取材、そして記事となった。

会期前というのはとにかく有難いよ。ギャラリーってだいたい六日間で、月曜日がお休み。イコールその月曜日が搬入日、しんどいけど期待と不安の月曜、搬入日。火曜日から始まって日曜が最終日、搬出日。

火曜日、初日に取材していただいて、一番早くて水曜日朝刊。その日に地元での大きなイベントや事故、事件があったりすると朝刊に載るのが木曜日だったり金曜日になったりする。もちろんタダでの大ＰＲになるのだから有難いし、ＰＲの効果は大きいよ。余談だけど、愛子さんの父親は西日本新聞社勤め、私の父親は朝日新聞社勤め。どちらも早死したな。私の父親など早死も早死、超早死だったな。

「朝日新聞」の内容をタイトルで追ってみると、「二十歳の記念に個展」――絵筆9年知的障害の太田さん「支え続けてくれた人々へ」――母から感謝の案内文。

内容はね。

作風は力強いタッチの線と鮮やかな色彩で花など身近なものを題材に描いている。「20年間、宏介を支え続けてくれた人たちへの感謝と、未来へ向かっての希望を絵から感じていただければ」と、案内文で母親の愛子さんはつづる。

これが「朝日新聞」。前後するけど「西日本新聞」には松澤先生も登場。

コメントを集めると。

「なぜか別の色を使うんですよ。でも、その色の組み合わせが絶妙で……」

もう一カ所あって、

「作業所で障害のある友人たちへの手助けを通して、自分の必要性を実感しているようで、絵に力強さが増してきた」

愛子さんもコメント。

「二十歳のかたち展」は「宏介が二十歳になるまでに、自立のための方向性を持たせるのが目標だった」という母、愛子さん（52）が企画した。「言葉で自分を表現しきれない宏介が、言葉の代わりとなる得意分野を見つけられて本当にうれしい」。今、そう思っている。

なかなかいいよね、ご両人。この頃、「でも記事にするのに年齢を書く必要があるのかしら」と異口同音。

もう一方、記事を読んでの野次馬たちあり。「母親はどの記事にも出てくるけど父親はどうしたと？」

私は平然として一言。「宏介、母子家庭」

こう書いた後に「毎日新聞」の記事がスクラップ帳から出てきたよ。例によってタイトルを拾う。

力強い線、鮮やかな色遣い　20歳の記念に画集出版　太宰府の知的障害者・太田さん

これに宏介の父が登場している。それはね、左記の通り。

實さんは「ハンディがなくても就職難の時代。自立した20歳になれるよう手助けしたい」と話している。

ね、私もやる時はやる、言う時は言うんだよ。

「朝日新聞」は、この会期の後にも画集を取材し取り上げてくれた。

タイトルはね。

「見て！　題材に触って描いた初画集」――知的障害の太田さん　力強く、豊かな色

記事の前半を紹介しておくね。

自閉症を伴った知的障害がある太田宏介さん（20）＝福岡県太宰府市＝が、9年間にわたって描きためた絵画を集めた、初めての作品集が刊行された。力強いタッチの作品にファンは多く、福岡市在住のH氏賞受賞詩人、龍秀美さんが編集を請け負うなど、太田作品に魅了された人たちがボランティアでまとめた。（中略）

作品ごとの説明文も書いた龍さんは「下書きをせず一気に描くので、絵に勢いがある」と魅力を語る。

最後に値段を書いて、問い合わせ先として家の電話。三人の方から問い合わせがあった。

随分とこの作品展と作品集にページを割いたけどね、この二十歳を境に絵の方面では水彩からアクリルに変わっていく。その変化は絵だけでなく、私の言う〝周回遅れのランナー〟宏介が、「三十歳の成人式」を迎えるためのスタートラインになる記念すべき年と言えるよ。

二十五歳の時にアクリル画を集めた第二画集を発刊した。この間の絵とのおつきあい、少しずつ大人に

なっていく宏介。絵を描くのが本当に好きなのかどうか分からないけどね、嫌いなら教室にも通わないいだろうという認識、その程度だった。

二十歳を節目にアクリル画への挑戦となった。これは先生の指導法なのかな。宏介にはとっても抵抗があったみたい。自閉的傾向者にとっては「変わる」、「変える」って大変なことだよ。絵具を油で溶くから油絵、水で溶いたのがアクリル画らしい。らしいというのは図工が2の名残り雪。

水彩画と比較すると、アクリル画は絵具を塗り重ねたり逆に削ったりして描いていく。つまり足し算、引き算ね。これは、「14引く8は？」の問いに148と、足し算・引き算苦手の自閉的傾向者にはね、重ねたり削ったりは〝未知との遭遇〟。アクリル画移行時にはパニックになったらしいよ。アクリル画を集めた第二画集の中にトークがあって、このくだりを引用すると次の通り。

太田（母）　私も途中でね、「先生、もう（アクリルは）やめましょうよ。水彩でいいです」と言ったくらいでした。

松澤　でも、私の方が逆に納得できない。ここで「宏ちゃんを捨てたらいかん」と。宏ちゃんに何とかアクリルの面白さを伝えたい、自分が面白いと思ってやっていることを宏ちゃんにも知ってほしかったので、ここであきらめさせられない。意地でも面白さを知ってもらいたいというのがあって。絶対、宏ちゃんにアクリルへの道を開くのだ、という使命感みたいなのがありました。それで色々やって、宏ちゃんが「アクリルで描くことによって面白くなってきたな」と気づいてくれた段階から、頑張ろうという気持ちになっていったんです。それまでは「嫌々」です。

とあるものね。どうです？　先生のこの情熱、頭が下がるよ。それに比べてこの私。でも、そうは言ってもこれから少しずつ宏介とは関わっていく。開催する度にたくさんの人が観にきてくれる作品展。この店番がね、どうしても必要だしね。十数万円もする絵を見ず知らずの方が買ってくれる驚きと喜び。「工房まる」の方でも土曜・日曜に行われる面談とかイベントは愛子さんより私が出かける方が多くなった。愛子さんは自営業であるので、時として土・日曜の方が忙しいことがある。

「宏ちゃんの絵が注目されだしたのであなたも関心を持つようになったんでしょう、宏ちゃんに」との陰の声あり。

確かにね、それはある。十数万円の絵が売れるというのがとにかく信じられなかった。宏介が「家族割引で三割引で売ってもいいよ」と私に言ったとする。私は買わないな、宏介の絵三割引だとしても。七割引だったら買うかもしれない。イヤ、七割引でも怪しいな。

またまた横道にそれるけど、宏介のポストカードや非売品の絵、売れていない絵を整理整頓してみた。すべての作品をポストカードにしているわけではないけど、ポストカードが百五十三種あった。その後、家に残っている絵を数えたら四十三点あった。百五十三引く四十三、宏介はできないけど健常者の私はできるよ、百十。これは一一〇番ではなくて売れた宏介の絵の点数。遠くは岩手、東京、近くは宇美町の宏介の姪・甥の家。有難いことだよね。百十点、これには一番よく売れるハガキ大の絵とかは含まれていない。ポストカードを作る時間もない。ハガキ大の絵は、右から左っていう感じで売れる。

先日、太宰府の国立博物館にゴッホ展を観に行った。国立博物館にはよく出かけるよ、何しろご近所だからね。パンフレットを読んでいたら、ゴッホの絵はゴッホが生きていた時に売れたのは一点のみだったらしいね。一点だよ、一点。売れた売れないでいうと、宏介の絵は三十歳を前にしてゴッホより百十倍売れたことになる。ゴッホの絵を一点買った一人の人もすごいけど宏介もね、なかなかのものだと今にして思う。

残っている四十三点のうち六点は愛子さんが「死んでも売らん」と言って非売品としているもの。愛子さんが私より先に死んだら棺に納めてやろうかな、二点ぐらいを。どれにするか聞いておこうかと思ったけど止めた。なぜなら愛子さんが私より先に死ぬことは九割九分ない。とにかく健康。頭を使わない（使えない？）かわりに、朝から晩まで体を動かすバイタリティ、不死身だよ愛子さんは。唯一の心配、つまり一分の心配は時として荒っぽいまたは考え事をしていてボンヤリして運転する車だな。この交通事故死はありうるかな。

これを書いていたら「ピン・ポーン」と玄関で。開けたら「太田愛子さんですね、荷物です」。秀巧社印刷からの納品でポストカードと四月に行う第十五回個展のDMだった。ちょうどポストカードのことを書いている時にね、偶然もいいとこ。DMは千五百枚用意した。手配りも含めてちょっと多くね。それでも千枚以上DMを出すよ。これまでの個展に来て記帳していただいた方の名簿があって、千枚以上のDMを出す相手方があるってこと、これも有難い。ポストカードは新作のネコの絵が三点、クルマエビと「ありがとう」の文字入りフラワーポップの旧作の増刷が二点。クルマエビの絵（これも非売品）なんか何度増刷したことか。一番人気ね、どの時の個展でも一枚だけ買うならコレといった感じで買っていかれる。

宏介は宮崎生まれ、私が三十五歳の時の子。秀巧社印刷に勤めていたんだけれど、宮崎支店で突然の欠員あり。それで急遽私に、ということになった。家を人に貸すのもイヤだし、その気になれば入れてくれる会社もあったんだけどね。私にとってはその社命を受けるか受けないかで退社するかの二者択一となる。「受けません、本社の今の部署のままで」とはありえない。愛子さんに「どうするかねえ」と言ったら、即答あり。「ちょっと長い宮崎観光のつもりで行きましょう」だって。観光なら私も大好き、二年半の観光をしてきたよ、宮崎。

話があったのが一月で、愛子さん、少しオナカが目立つ頃だったかな。三月まで単身赴任、六月六日宏介誕生。宏介が二十歳になった時、私が五十五歳、定年まで二年あるなと計算したな、宏介誕生の時に。秀巧社は五十七歳が定年。給料がカットされて六十歳までOKだった。

この五十七歳の定年で私の仕事もかなり楽になった。マージャンも職場が変わってメンバーがそろいにくくなり、早く帰るようになった。酒は毎日飲んだけどね、角打にて。角打って知ってる？　酒屋さんのお店で立ったまま飲んでいるオジサン集団、あれが角打。千円出せば酔っ払うほど飲めてオツリまでくる。酒のサカナになるものは不足気味だけど、私はチクワ一本あればいいので気にならない。酒はサービスがいいよ。目盛りのついたコップに並々とついでくれる。一升ビンから九杯とるのが目的の目盛りつきコップ。コップから酒がこぼれてもいいように、コップ受けとしてマスが仲間というかセットになっている。

最初にね、コップを左手で持って、右手のマスにこぼれた酒をススルようにして飲むのが基本中の基本。家でも飲むのでここの角打では控えておこう、と思うんだけどね。ビール中ビンと酒二杯でのつもりでいるんだけど、これがなかなかね。私は一応定年だから、一人で五時半頃からスタート。二年も一緒に飲んでシャベッているのにうかつにも姓名を知らない公民館の館長さんや「日給八千円！　そんなバカな仕事がされるか」と言うのに、お金がなさそうな大工さんとか常連さん。そのうちにちょっと残業した会社の連中がやって来る。

もう中ビン一本と酒二杯飲んでいるけどね、ちょっとつきあおうと思う。ここで例の目盛りがイキてくる。「半分」、「半分」、ついつい飲みすぎるな。ナイターの季節はテレビ観戦しながら。巨人ファンは私一人で、周りの五人はすべてアンチ巨人なんてのはね、いつものことだったな。会社勤めの楽しかった一ページではある。そんなに飲んでも仕掛かりが早いので、二十時過ぎには帰宅。宏介との時間ができるよね。宏介は胡散《うさん》くさそうにしつつ、スーパー戦隊シリーズのビデオにくぎづけ。

「工房まる」への通所も楽しいし、絵もアクリルに慣れてドンドン描くし絶好調だったかな。いいことばかりが絶好調だといいんだけど、体重増加も絶好調となった。改めてアルバムを広げると、養護学校での寮生活時代はかなり太めではあるけどね、肥満児ということもない。二十歳の個展あたりの写真だとかなりヤバイ、九〇キロ台かなあ。やはりこのあたり、愛子さんの甘やかしもあったんでは。「寮では魚や卵を泣きながら食べてたんよ」と言っていたものね。

宏介の好きな肉が中心になったのかな。宏介のみの別メニュー。カレー、ハンバーグ、スパゲティ。肥満への道はアッという間ね。後で考えてみると。一口食べるごとに何百グラムかずつ増えていく感じ。

この頃かな、オバアチャンが転んで骨折したのは。八十七歳に米寿のお祝いをしてその翌春かな。曾孫《ひまご》のね、年中組入園のお祝いに久し振りに外出し、孫の家の前で車から降りる時に転んだ。

病院に行って入院。高齢だし、心臓も少し悪いとかで手術は行わず。病院での入院はそう長くなくてリハビリテーション病院に移る。ここで車椅子の生活となる。リハビリテーション病院に四月から九月まで入院していた。オバアチャン大好き宏介だけど病院は大嫌い、一度ぐらいはお見舞いに行ったかどうか。

退院して一晩だけ家でゆっくりして次の日の朝、病院に隣接している介護施設に移った。

宏介は寮生活を終え自宅から作業所に通うようになったんだけど、作業所から帰ってからはオバアチャンと二人だけの時間となる。晩ごはんもオバアチャンと二人。愛子さんがオバアチャン用和食系と宏介用洋食系と作って出かけているから、オバアチャンと宏介それぞれ自分で温めて六時に食べることになっていた。食べ終えたら茶碗やお皿、自分のものは台所に持って行き、水につけるまでやっていたはず、宏介は。宏介の寮生活で身につけた家事手伝いはスゴイよ。前に書いたかもしれないけど、毎朝の風呂掃除、毎晩の家族全員の洗濯、今でもね、ずっと宏介がやっている。

そのオバアチャンが介護施設に入所してからは、宏介は一人で家にいる時間がかなりのものとなったな。カギッ子の宏介ね、ご本人は口に出さないから分からないけど、案外平気だったんじゃないかな。私がホロ酔いで帰宅する九時頃まで、ビデオを観たりテレビを観たりしていたな。そうそう、風呂をわかすのも宏介の役目。洗面所、お風呂に必要なタオル、セッケン、洗剤、お風呂の洗剤、ハミガキ、シャンプーなど、これらの管理も宏介だな。愛子さんがスーパーに行く時についていき、ドンドン愛子さんのカゴに入れていくんだって。それと自閉的傾向者は、洗剤やシャンプーなど前述の必需品は各々、スペアがないとダメなの。これは徹底しているな、今でも。

オバアチャンは、結局は四年半施設に入所してしていたけどね。洗濯を宏介がやるんだけどね、一度なんかタオル、バスタオルが三十三枚干してあって壮観だったな。高倉健主演の『幸福の黄色いハンカチ』という映画があったんだけど青い空に黄色いハンカチが印象的だった。それに近いものがあったな、三十三枚のタオルとバスタオル。題名『ちょっと幸福かな？　白いタオル』、主演は太田宏介ね。

オバアチャンは月に一度だけ外泊許可が出て帰ってくる。オバアチャンが「宏ちゃん、洗濯代よ」と言って千円渡す。宏介の嬉しそうな顔。私もできるだけ早く帰るようにしたつもり、オバアチャンの入所中はね。週に最低でも二回はバスを途中下車してお見舞いしたりした。

宏介の絵はね、福岡市美術館に展示されたりしたんだよ。二〇〇二年だからね、九年前かな。「ナイーヴな絵画展」が開催されたんだけど、それに宏介の作品二点が展示された。この絵画展を福岡市美術館ニュース「エスプラナード」を引用して紹介するね。「ナイーヴな絵画展」がメイン・タイトルで、サブ・タイトルが「ルソー、ピカソから岡本太郎、山下清、谷内六郎まで」とある。あとは「エスプラナード」から、

さて、前回の「アンリ・ルソーと素朴派の画家たち展」の第二弾として企画した本展では、フランスの他にヨーロッパやアメリカ、そして日本の素朴派の画家も紹介します。そして、素朴派の画家ではありませんが、素朴な、すなわちナイーヴな作品を描いた職業画家もあわせて紹介します。例えば、アフリカのプリミティブな黒人彫刻に影響を受けたピカソ、子供や知的障害者などの作品に感銘し、〟生の芸術（アール・ブリエット）〟と評価したデュビュッフェ。あるいは、シャガール、ミロ、マティス、クレー、岡本太郎、岡鹿之助、北川民次、国吉康雄、谷内六郎等のナイーヴな作品も展示します。さらに加えて、山下清、ねむの木学園の生徒、岩下哲士や太田宏介等の純粋で無垢《むく》な美しい作品も紹介します。

あと続くんだけどね。

この「エスプラナード」は我が秀巧社印刷で印刷したんだよ。手元に「128・2002・July」があって、「エスプラナード」のリニューアル発行は七月、十月、一月、四月の各一日になりました、とあるんでね、季刊誌というんかな。その表紙は「ナイーヴな絵画展」の前に開催される「カンディンスキー展」のカンディンスキーの作品がメイン。その下方にね、宏介の出展した「ワタリガニ」の絵が印刷されている。本文中にももう一つの出展作「スイカのある静物」が印刷されている。私が秀巧社印刷の現役の時のことだけど「宏介の絵を載せろ！」なんて圧力をかけたわけでは決してないからね。愛子さんだったらやりかねんけどね。その愛子さんの、例の講演用下書きを読むと、宏介の作品が展示されるまでのいきさつが分かる。またまた引用するね、節目節目に愛子さんが登場するけどね。

画集の持つ力は偉大でした。二〇〇二年福岡市美術館で「ナイーブな絵画展」が開催されました。主旨は世界のいやし系作家を福岡に、ということで、ピカソ、ルソー、シャガール、谷内六郎、岡本太郎、山下清、と世界の画家の絵画が並ぶ中に、宏介の画集をみられた美術館の方より、ご連絡を頂き、宏介の絵を展示させてもらいたいのですが、とのこと。

せっかく福岡の地でするのだから福岡から新しい作家を、と思っていただいたのです。

宏介の画集に載せてある原画を全部見せていただきたいと市の美術館の方々が我が家におみえになり、選ばれた絵が「ワタリガニ」と「スイカのある静物」でした。

画集がこんな大事なことにつながるとはね。ちなみに「ワタリガニ」と「スイカのある風景」は非売品となっております。愛子さんの棺桶に入ります。

このオープニング・セレモニーには、宏介と私、それに松澤先生と三人で出かけた。こういうの大好きな愛子さんは熊本と福岡で昼と夜、仕事の仲間の結婚式でセレモニーには出れなかった。受付のところで私と松澤先生に「ご両親ですか？」との質問あり。私はそれでもいいな、若い奥さんと思ってニコニコしてたけどね。先生は大声で「違います！」だって。よっぽど嫌だったのかなあ、「違います！」。

ねむの木学園の宮城まり子さんがおみえになっていて、宏介に声をかけてくれたりした。セレモニーの中で宏介は前に出て作家として紹介されることとなった。宏介も含めて五人の人が席にすわるんだけど、四人が何となくモジモジしてるんで、順番をとばして宏介が一番に出てきて中央にドーンと座った。先生いわく「宏介はこういう時に堂々としていていいよね」。私も全く同感。本番に強いよ、宏介は。

宮城まり子さんやＦＢＳの方などによるテープ・カットがあってね、いよいよの始まり。宏介が一番に入場。宏介は他の超有名画家の絵には目もくれずドンドン進んでい行く。私も松澤先生もちょっと早く歩いてね、宏介を追っかけるようにした。絵はまた観にくればいいやと思った。しばらくしてニコニコしている宏介と会う。自分の絵の前にいたんだよ、嬉しかったんだよね、宏介は。宏介の絵はスゴイんだなと、いただいた図録を見ながら帰りの電車で感動したな。

宏介は書も習うようになったよ。月に一度だけなんだけどね。

愛子さんは自営業でセルフ・ホームエステの仕事に励んでいるけど、一方では遊び人ふうでもあって、その分交際範囲が広い。遊び人って表現悪いかな？　怒るかなあ？　社交的とかアウトドア派とか、愛子さんを知っている人は適切と思われる文字を頭に浮かべてください。

そんな仕事の仲間に習字のI先生がおられてね、その先生から習うことになった。新宮町まで一時間かけて愛子さんが車で連れて行く。宏介が絵にサインを入れるよね、その字もユニークでおもしろいと何人からか言われたりしていたんで、宏介が行く気になるんならとの気持で通わせることにしたんだけどね。宏介はおもしろがって嬉々として習いに行ってるよ。先生も書き順とかあまりうるさくいわなくて自由に書かせている様子。その分、絵の延長のようなデザインのような字を書くようになった。書くというより描くかな。

この書がね、役立つことになったよ。二〇〇五年かな、NPO法人日韓スポーツ文化交流会というのがあって、これに中国が加わってるんだけどね。その中国とね、「障害者国際交流作品展」が開催された。福岡と姉妹都市となっている広州からたくさんのスタッフと障害のあるメンバーがおみえになった。福岡市美術館で開かれたんだけど、宏介も二点出展した。レセプションにも参加した。

それから数カ月経って日本から中国へ行くことになった。宏介も行く気満々だったしね。私も宏介に連れていってもらうことになった。私はこの時初めてパスポートなるものを作って使用したのかな。宏介は生意気にも愛子さんとオーストラリアに行ったことがあり。お姉ちゃんがパースにホームステイしていた時期があってね。その時、パスポート取得。

ちょうど中国に行ったその年は、日中友好三十五周年とかだったと思う。広州では大歓迎を受けた。レセプションがあって、マスコミがたくさん取材に来てね。そのうちに何か描いたり、書いてほしいとの要望あり。日本側としては全くその準備をしてなくてね。一人車椅子を使用される年輩の方が書を書かれることになり、もう一人ということになって、本番に強い宏介が書くことになった。障がい者はこういう突然のご指名などを苦手とするもんだけど、宏介は恐いもの知らずというか度胸があるというか、平然として筆を取った。私の方が焦ったけどね。その頃先生のところで練習していたであろう「ありがとう」という文字を書いたよ。それはそれでよかったんだけど、テレビ局からリクエストがあって「日中友好」と書いてくれと言う。それはそうだろうね、日中友好三十五周年の記念イベントでもあるんだから。

宏介は「にっちゅう」と平仮名で書こうとしたので、私があわててカメラマンにストップをかけ「日中友好」と手元にあった式次第にボールペンで書いて宏介に渡した。宏介はうなずき、見事に書いてね。書も態度もなかなかのものだった。その夜のニュースかなんかでテレビに出たらしいけど、見そこなった。

この交流会、昨年は韓国から来福された。宏介も例によって二点出展。今年の秋に福岡から韓国釜山に行くことになっている。メインは宏介で、私はおとも。

そんなこんなで宏介は絵や書、「工房まる」での仕事を楽しんでいる様子だった。マア、時としてガールハントに失敗したり、電車やバスの中とか「工房まる」でおもしろくないことがあったりして鬱積するものあっただろうけどね。そのうっぷんは愛子さんに大声をあげたりして晴らしていた。

宏介が二十五歳になった時、アクリル画ばかり描くようになって五年の節目に作品展を開き、第二画集を発刊することになった。作品展はだいたい一年に一回のペースでやってはいたんだけどね。画集はね、やはりお金はかかるし在庫の山となるのも嫌だしね。幸い第一画集はほとんど売れていたな、この時期には有難い話だよね。

作品展の前日、搬入し展示を終えて、ささやかな本当にささやかな出版記念のお披露目会をやった。

みんな一言しゃべるということになったんだけど、宏介の兄は（この兄に宏介は一目置くという感じだけどね）「どうせ父や母はそのうち死ぬんでね、あと弟の面倒は私が見る」という発言をした。

「おマエ、今のところは宏介の方が何かとしっかりしてるぜ」とか「おマエ、おマエはそう思っているかもしれんけどヨメさん次第、おマエはあんまりモテんけん悪妻もらうかもしれんだろ。あんまりあんなこと言うな！　人前で」とか言ったんだけどね。

宏介の兄いわく「イヤ、みんな身内みたいな人前だからこそ言うたと、自分の意思表示と意志を固めるために」だって。

水彩からアクリルへ、宏介二十五歳、どんなふうに大人になっていくのかな。

宏介と新聞・テレビほか

この頃、〝この頃〟って書いて〝この頃〟って〝いつ〟なんだ、と自問自答している。

私の尊敬している作家山口瞳は「三、四人で出かけた」という文章は悪文の極みとか何かに書いていたな。三人で出かけるのと四人で出かけるのは状況が全く違う、ってね。

それでは〝この頃〟を止めにして私が五十九歳、宏介が二十四歳の頃、私は胃ガンになって四分の三胃を切ったよ。会社で検診があるよね、毎年受けて二年前から胃は要精密検査を受けろって指示されていた。最初の年は精密検査は受けずに〝太田胃散イーイ薬です〟で治すことにした。次の年も要精密検査。今度はちゃんと駅の近くの胃腸科で胃カメラを飲んだ。すごい旧式の胃カメラが苦しかった。

一週間たって検査結果を聞きに行った。最初に「ガンではありません」といわれた。私は会社での要精密検査の指示だったから胃カメラ飲んだだけで、胃ガンのことなんか少しも心配してたわけじゃないから「ガンではありません」に「そりゃそうよ、ガンじゃなかろう」という態度だった。「ただ立派な胃カイヨウです」とお医者さん。立派な胃カイヨウというのはいいよね。この時はお医者さんの「この薬を一カ月飲めば治る」とのことだったのでそのようにして治した。

そんなこんなで要精密検査三度目。この年はね、来年は定年退職するので会社で検診を受けるのはこれが最後となるはず、そして要精密検査となったら大きな病院で受けようと思っていた。そこでね胃ガンといわれた。「三度目の正直」って、こんな時には言わないか。

これを書いているのは、平成二十三年三月二十三日、東北の大津波に始まる東日本大震災から十二日目。まだ余震と呼ぶには大きすぎる震度4とか5がね、テレビのテロップに流れる。

私が胃を切ったのは七年前の十二月十七日。この七日後のクリスマスイブにスリランカで大津波があった。そのことを思い出した。

胃を切る三、四日前に担当医と話をしている中で「タバコ喫いますか?」、「はい、ヘビースモーカーで五十本」、「今すぐやめなさい。胃ガンそのものの手術は簡単、切ったら二週間で退院できる」。その後続けて「ただタンがからまってそのことで肺炎をおこす。肺炎治すのに一カ月かかったりする」と言われた。それもバカバカしいと思ったな、肺炎で一カ月ね。

「四十年ぐらい喫っているのに、三、四日の禁煙でOKでしょうか、そのタンのからみは」と聞いたら「もちろん全然違う」だって。「止めましょう」と宣言した。ちょうどその日、長女が「ちょっと寄ってみた」と来たので、タバコと百円ライターを渡して「処分して」。

その日以来、今日までタバコなし。健康面よりも経済面でね、助かっている。タバコが値上がりしたしね、タバコ代だけで日に千円かかってしまう。年金生活者がね、日に千円、しかもタバコだけでね。とにかくあのお医者さん名医だったな。胃の手術もね、「残るであろう胃八センチをつなぐことになるけど、八センチは短くてつなぎにくい。全部とってしまう方がよい」とのことだったが、内視鏡で胃ガンを見つけてくれた担当医の先生という立場の人が「八センチでなんとしてもつなぐように」と指示された。

私としてはよく分からないので「どうぞご自由に、残してもよし、全部とってもよし」だった。結局、名医は四分の一残してくれたんだけどね。

術後六年経って七年目の今、胃は三分の一にまでになっている。まだたくさん食べれないし、飲みすぎ食べすぎだと胸のあたり苦しいけど、会社で健康診断を受けだして以来、体調はベストじゃないかな。体力は落ちているけどね。会社を定年退職した後は宏介同様、病院嫌いの私は自発的に検診を受けることってなかったろうな、この件がなかったらね。

術後五年間は三カ月に一度、六カ月に一度、一年間に一度という経緯をとって病院で受診していた。「もういいよ」ということになった後も、一年に一度だけど検診を受けている。

なんか長々と書いてしまったけどね。「病院で検査を受けると、必ずどこか悪いところを指摘されそうでイヤ」と言う人がいる。人がいるというより私自身がそうだった。そうだった、と過去形。

病院に行って「何も悪いところない」と言われたらベストだし、「どこそこが悪い」だったら早期発見、早期治療でベターと思えばいい。病院は本当に喜んで行くところじゃないけどね。三週間以上・四週間未満入院していたけど、病院嫌いの宏介は一度も見舞いに来んかった、薄情者め。薄情者は私に似たのかな。

胃ガンの時、手術が十二月十七日だったので、勝手に「お正月は病院だな」と思っていた。以後あるかなしだろうからね、お正月を病院でという年。ところが医師は「十二月三十一日に退院ＯＫですよ」と言う。私が決めることだったんだけど、医師いわく「あなたは病院にずっといると歩いたりしないだろう、それはいかん、ドンドン歩かないと」ということで大晦日の退院となった。

愛子さんが呼ばれて、これから一年間の食事メニューの指導を受けた。とにかくお正月はオカユ。それさえも三口ぐらいであとが続かない。時の流れでやめたタバコなんてもってのほか。自然とやめられたのはラッキー。

愛子さんがもらった食事の指導一覧には、アルコールＯＫの日時が書いてなかったので、「これはいつからか病院に聞け」と面白半分で言ったら、愛子さん超マジメに「三カ月目でいいよ、お酒は」。私、「どうしてや？」、愛子さん、「だって三カ月目にオサシミを食べてよい、とイラスト入りで載ってるよ」だって。

愛子さん、悪妻の誉れ高いけどね。こんなところはいいよね、愛子さんにとってはオサシミは酒とセットになっている。「オサシミでいきなりゴハンを食べる人っていない」と愛子さんは言いたいわけですよ。私が悪妻の愛子さんと離婚したりしないのは、一つは宏介を見守ること、二人の責任だからね。もう一つは、この酒飲みに理解があることかな。

入社以来、病欠することなく有給休暇まるまる残るサラリーマンだったけど、あろうことか最後の一年に四十日の有給休暇を全て使い切ってなお足りないというほど休んでしまった。一月三十一日に長男と遅ればせながらの初詣でに出かけたけど、六十歳って男女共最後の厄年だってそこの神社で知った。還暦ばかりが有名だけどね、男女共通の最後の厄年だって。「これかあ、私の胃ガン」と叫んだな、神社にて。

二月十七日、私の誕生日で六十歳。サラリーマン、ジ・エンド。

ジ・エンドにはならず一年ごとの契約で勤め続けることになった。年金が全額つくようになるまで勤めていいよ、という法律（？）のおかげかな。私は年金全額つくのは六十三歳だったのでね、勤めることにしたけど、やるべき仕事ってなくてツライものがあったな。事務系管理職って後任の人に引き継ぎしてしまうと、やる仕事何もないね。会社に行って朝、仕上げする前の印刷物を営業担当に持っていくというのが唯一の仕事。五分もかからない、残り一日が長い長い。パソコンでもやれれば、パソコンの陰に隠れて仕事をやっているフリができるけどね。パソコンやらないじゃなく、やれない。携帯電話はかけることもないし、かかってくるはずもないので持たない。私は「生きた化石」と呼ばれておりました。酒は胃が受けつけてくれないので飲まない。終業ベルが鳴るとすぐ帰る。あろうことか大相撲の取組四番ぐらいを平日に自宅で見たりした。

時間が腐るほどある。テレビは宏介に占領されて観せてもらえない。何もやることがない。自然とオバアチャンのことと宏介のことに関心を持つようになったよ。このへんは自然の流れかな。

この本のテーマは「いかに無関心、無頓着な父親が自閉的傾向の息子に関心を持ちブログを書くまでになりしか」というもの。そんな大層なものなのよね、自分で確認してどうするの。

でも、正直父親って「子育て」しなくていいもの、カミさんの役目、カミさんの役目を奪っちゃダメぐらい、に思ってたよ。長女と長男の時など正しくそう。たまたま宏介は自閉的傾向という不治の病いを持って生まれてきた。これは私と愛子さん共に責任重大、少しでも治ったら、との思いね。これがいつもあったな、私と愛子さんの胸のうちにね。

宏介は何も言わないけど「健常児」として生まれてきたかったはず。健常児に生まれ身体を鍛えてスーパー戦隊に加わりたかったはず、あわよくばリーダーのレッドにね。

長女と長男は異口同音に「二人とも宏介をかわいがりすぎ」と言うけどね。これって私などは宏介に「負い目」があるしね、障害を持って生まれてきた宏介にね。宏介のこと、これまで何度か書いたように新聞がよく取り上げてくれた。「毎日新聞」では平成十九年一月十三日土曜日の夕刊一面の上三分の一に、顔写真つきで掲載されたんだよ、作品も「パラダイス」と「さかなと葉っぱ」とカラフルな夕刊一面。土曜日の「ＹＯＵ館」という欄、夕刊とＹＯＵ館をかけてあるのかな。各分野で活躍中（?）の人を紹介する欄みたいだけど、何しろ一面トップにカラー三点。

例によってタイトルだけ紹介するので感じをつかんでほしい。

元気な色生む魔法の絵筆　自閉症のアーティスト太田宏介さん。母＝人の可能性は無限。先生＝根気よく根気よく。

だいたいの感じ分かりましたか。

宏介は二十五歳以降には新聞の他にもテレビで取り上げてくれたよ。テレビ東京の特集番組にも出た。一時間三十分の特番で絵の過去・現在・未来というものをバックボーンにしたオムニバス番組。宏介は現在の部での出演。取材も何カ月もかけてね、宏介の部はＤＶＤに収めたけど正味二十二分。宏介の造形教室での熱心に描いている風景、先生へのインタビュー。「工房まる」での日常、宏介の絵をモチーフにしたＴシャツのこと、もちろん宏介の家での生活ぶりも紹介された。愛子さんがここでもメインで登場。私は例によってサブ。

その中でね、私が「どうしてうちにこんな子がと思って飲んで荒れたりした」と発言してちょっと物議をかもした。物議をかもしたはオーバーだけど、観た二、三人の感想が色々。「本音丸出しで太田さんらしい」、「ワザワザ言わんでもよかったのに」とかね。

宏介に関わりを少しずつ持つようになったら自然とね、障害を持った人のことについて語られた文章などが目に入ってくる。

私は二つ心に残るものがあってね。一つは「障害を持った子は自分をかわいがってくれる両親のところを選んで生まれてきます」。

これにはね「私たちは選ばれたんだア」と、しばしボンヤリと考えこんだりした。

もう一つは「障害というのは特性です。特性であるから伸ばせばいいんです。私ですか？　私は障がい者です」というもの。この発言者が、医者とか識者と呼ばれる人だったらね、「何を言ってやがる」って反発するけどね。障がい者自身の声だからスゴイよね。「障害は特性」、もしかしたら特性ではなく個性だったかもしれないけどね。この域に達するとね、ご本人にも見えてくるものがあるのかなあ。

もちろん半人前の半分だから、四分の一人前の宏介に多くを望んではいないけどね。

宏介の絵の輪郭の取り方とか「なにっ、この色！」とビックリする色使いとか、個性的と言えばこんなに個性的な絵にはそうそう出合えるものではない。上手、下手は二の次三の次にするとね、インパクトはかなりあるよ、宏介の絵は。図工が2のオッサンの評価だからね、あまりアテにはならないけどね。


宏介が火曜から金曜まで嬉々として通っている福祉作業所「工房まる」。ここに通うことによって宏介はだいぶ成長したな。今、書こうとしている資料としての新聞記事に「通所者十九人」とあるけどね。十九人のうち三分の二が車椅子を上手に操る身体障がい者。この人たちは知的には水準が高くてね、宏介は会話はできないけど影響は随分受けていると思う。そのお返しというか色んな作業を始める前の準備のお手伝いは宏介がやってる様子。気まぐれだからね、どのくらいのものかな。昼食後の食器洗いも台所に立ってやるという話。これらは「工房まる」と「愛子さん」との間で「連絡帳」を作っていて毎日やりとりしている、それを読んで知り得たこと。宏介は外であったこと、オシャベリしないからね。資料としての新聞記事と前述したけど、その手元にある新聞記事は「工房まる」の積極的な活躍を報じている。例によってタイトル、見出しを拾い出す。

羽ばたけ障害者アート　Tシャツ作成、東京で販売　福岡市などの団体が新事業、登録作家、九州から山野井さんら

こんなんで、山野井さんらの「ら」の部分でコウスケとヒロキが登場、山野井さんともども顔写真つき。宏介は人相悪いな、この写真。指名手配にも使えそう。あと一枚、Tシャツと販売員であろう女性が写った写真。二〇〇七年六月二十二日「西日本新聞」、かなり大きな扱いになっている。

よく「西日本新聞」は「工房まる」、「松澤造形教室」がらみの記事載せてくれるよ。ただ「西日本新聞」は取ったり取らなかったりだから、「新聞見たよ」とか「宏介出てたね」の電話を愛子さんが受けたら、とりあえず駅までバス往復三百八十円かけて買いに行ったりする。あと、電話かけてきた人に「あのー、その新聞くれん？」と愛子さん。愛子さんスクラップしている。資料としてスクラップ帳が手元にあるので、数えたら十七枚あった切りヌキ記事。一つの事柄を何社かで書いてあったりするんで、ダブリの事柄もあるけどね。ここ十年ぐらいのことだから、二年に三回ぐらいの割合いで新聞に出ていることになる。あと、テレビにもアホ面《づら》が出てきて結構有名人だよ、宏介は。よく個展の会場で「新聞やテレビで見かけますよ」なんて初対面の方から声をかけられたりする。

この個展の会場で店番をやるんだけどね、見に来てくれた初対面であろう人とのオシャベリが難しいよ

ね。宏介の絵のファンになってほしいし、キッカケがなかなかつかめない。

私は「この個展のこと何で知りましたか?」が多いかな。中には「実はうちの孫が障害持っていまして」とかの話が出てね、身の上相談ふうになることもあって「絵を見て元気をもらいました」なんて言われると本当に有難いよ。


今年も四月十四日から二十八日まで「大人になります宏介30歳の春」と銘うって地元も地元、下大利駅近くで個展を開くんだけどね、搬入、搬出、DM送り、会期中の店番など大変。定年退職後、店番は私の専門ね。

上手に初対面の方とオシャベリできた時など嬉しいし、もちろん色んな物品が売れるのも嬉しい。見ず知らずの人が十数万の絵を買ってくれたりするから油断ならないよ。

あと、一枚百円のポストカード。これが飛ぶように売れる。一枚百円だけど、愛子さんのアイディアで六枚五百円。こういう方がおられたよ。十二種各二枚で二十四枚、「二千円でいいんでしょ」。私が「各二枚ってどうして?」と聞いたらね。「一枚は私が持っておくの、私に絵の仲間がいるからもう一枚は仲間に出すの、宣伝にもなるでしょ」だって。単純に嬉しい。

もうお一人。十一月末に個展をやった時に、何種類かで合計六十枚買われた人がいた。「どうされますか、そんなにたくさん」と聞いたら、即座にね「年賀状にするの、明日主人がもっとたくさん買いにくるはず」。宏介の絵を評価してくれてるんだとつくづく思うよ、そんな時。私としては秀巧社印刷で作った画集、力を入れた画集が売れてほしいんだけどね。

画集を勧めたりするんだけど、「画集、二千五百円でしょ、それならポストカード二十五枚買うよ、実用的だし」。なるほどとすんなり納得。

一筆箋、定番のTシャツなども販売する。

Tシャツは「工房まる」でも松澤造形教室でも作るから相当な枚数作ったよ。昨年の夏、宏介が毎日着替えるのを数えたら十五枚あった。今あるのが十五枚だから、さあどのくらいだろうかな総数は。随分サイズの大きいTシャツを二枚買われる女性がいたので、おせっかいにも「サイズ大きくありません？」と言ったら、「着るんじゃないんです。絵はとても買いきらんので、Tシャツを絵のかわりにかけておくのです」とのこと。嬉しくてTシャツと同じポストカードをお渡しした。

今年、二〇一一年はもう一度作品展をやるよ。十二月六日から十一日までの六日間。何度かやった新天町の「ギャラリーSEL（セル）」にて。松澤造形教室でずっと一緒に習っている井上美穂さんとの「二人展」、十年ぶりかな。

これまた資料となる新年切りヌキより。二〇〇三年三月十九日付「西日本新聞」の〝出番〟というスペースにね。

ジョイント展――共感するのに言葉はいらない　「情熱」「癒やし」みんな元気に

とあって造形教室で絵を描いているツー・ショットあり。この頃は二人とも水彩画だったね。今年はアクリル画、すごく楽しみな「二人展」。

すごく宣伝になってしまったな。何から横道にそれだしたのかな。そうそう、前にさかのぼったら「羽ばたけ障害者アート」の話が脱線して個展・作品展の宣伝となってしまった。

「羽ばたけ障害者アート」のことを新聞記事を引用して紹介しておくね。

障害者の芸術的な才能を発掘している福岡市南区野間の福祉作業所「工房まる」の運営組織が、東京都と奈良市の団体と手を結び障害者の絵やデザインなどの作品を商品化する新事業「エイブルアート・カンパニー」を始めた。就労の機会に恵まれない障害者の経済的な自立を後押しする試みだ。

（中略）

福岡事務局の樋口龍二代表は「障害のある人のアートを仕事にするプロジェクトとして、全国に活動を広げたい」と意気込んでいる。（中略）

障害者アーティストの個性あふれる才能を広くアピールしようと、二十二日から九日間、東京都渋谷区恵比寿西の「奈良県代官山iスタジオ」で、エイブルアート・カンパニーの企画展「9DAYSショップワーク」が開かれる。登録作家の作品をデザインしたTシャツ約五十種展示、販売する。

以上、「西日本新聞」の記事をとびとびに引用。記事中、福岡事務局の樋口龍二代表とあるのは「工房まる」の樋口さん。誰も樋口さんとは呼ばないな。スタッフ・メンバー・メンバーの親みんな「リュウさん」って呼ぶね。親の中にはリュウが姓と思っている人もいそうだな。

何事にも積極果敢でね。色んな活動の中心的人物。宏介も似た体型なんでね、その線でのお友達だな。

このエイブルアートの活動はどんどん発展していて、つい先月、NHKで放送された番組でも紹介されたよ。

二〇一一年二月二日二〇時からの三十分番組、ＮＨＫ教育ＴＶ「福祉ネットワーク」。「〝描くこと〟を見つけた――福岡・福祉施設工房まるの日々」

今、宏介が録画してくれたのを見直していたところ。このテレビとかに録画できるのは宏介のみ。「宏ちゃんお願い」って猫なで声で頼まんといかん。

文字どおり「工房まる」での日々を丹念に取材してある。主役が二人いてね、最古参のタケやんと入所二年目ヨシくん。彼らが絵を描いているところや、お給料をもらっているところ、タケやんのデート風景などなど。宏介もね昼食後、歩き回りながら歯みがきしてるところなどチョイ役だけどシッカリ出てたな。その番組の中でエイブルアートの活動が紹介されている。ナレーションでは、「東京吉祥寺にある大型商業施設で期間限定のショップを開いている」と言っていて、カレンダー、ボクサータイプのパンツ、バッグ、靴下などの商品をカメラが追っかけている。これらの商品は東京、奈良、福岡のエイブルアートメンバーが描いたもの。宏介のグッズも出ていたよ。ＮＨＫだから固有名詞は使えんのだろうけど、東京吉祥寺にある大型商業施設とはパルコのことね。

自慢話になるけど、宏介のヒット作品に「ピーナツくん」というのがあって、これのハシ置きはなかなかのロングセラーだよ。この「ピーナツくん」は他にもバッグや「だんだんボックス」という名の段ボール箱にもなった。一番のびっくりは、この「ピーナツくん」、ボクサータイプのパンツにもなったこと。今から二階にあるんで持ってくるね、このパンツを。このパンツ、やはりエイブルアート・カンパニーの期間限定ショップでね、新宿伊勢丹で販売された。値段は税込価格で四九三五円。これが完売されたというから驚きだよ。「売り切れる前にお父さんも一枚、如何がですか」とエイブルアート事務局からお勧めがあったけど、「パンツで覆われるものがお粗末なんで、四九三五円のパンツは高過ぎる、二枚八百円ので充分」と丁重に(?)ノー・サンキュー。

手元に一枚あるから宏介に見本として送ってきたんだろうね。東京渋谷の「サードウェア」という会社製でね、Able Art Company／「ぴーなっつくん」とあって、太田宏介と名前があり簡単な略歴も書いてある。そのまま書き写すことにする。

一九八一年生まれ。福岡県在住。二〇〇一年より工房まる所属。小学五年生の時に母親のすすめで、絵画教室に通いはじめた。「工房まる」へ来たときは、「絵を描きたいです」と自ら宣言、絵を描くことが彼のステータスとなっていた。色を塗りこむ細かな作業も、鼻歌まじりでひょうひょうとすすめる。

次にエイブルアート・カンパニーも自己紹介している。

エイブルアート・カンパニーは、障害のある人によるアートを社会に発信し〈仕事〉につなげる中間支援組織です。アーティストの作品を商品化したり、デザインとして使用できる仕組みをつくっています。

以上、りっぱなカバーもついたパンツのアレコレ。親はビックリするけど、宏介はひょうひょうとしたもんだね。どこ吹く風といったところかな。

さっきちょっとふれたけど、宏介の「ピーナツくん」と「二人の悪人」の絵が段ボールになったよ。大と小二つの段ボール。「工房まる」からは宏介の作品、あと二カ所の作業所から各々の作品があって白い段ボールにカラフルに印刷されている。本当に「工房まる」のスタッフは色んなことに憶せずチャレンジしてね、またメンバーもそれに上手についていこうって感じだな。その段ボールの名前は「だんだんボックス」と言うんだよ。「だんだんボックス」のことは段ボールに次のように印刷されている。

だんだんボックスは、障がいを持ちながらも素晴らしい絵の才能を持つアーティストたちの作品です。「ありがとう」の気持ちを包むダンボールの「箱」となって人から人へと贈る「動くアート」です。収益は、アーティストならびに福祉施設などの活動に還元されます。

この「だんだんボックス」は福岡の郵便局で見かけたという人が愛子さんの仲間にいたりするんで、明日にでも行ってみようかな、その郵便局へ。

東京で「だんだんボックス」を応援する会、応援でなくて支援だったなそんな、発会式があったんだよ。その式までにアーティストの親のコメントを求められたんでね、愛子さんと二人でホイホイ書いて送ってもらった、「工房まる」からね。

それから、自慢ついでにもう一つ。「工房まる」のメンバーの絵が博多織になったよ。これも「工房まる」のファインプレーだな。創業七百七十年だったかな、老舗の博多織と「工房まる」の絵とのコラボレーション。博多織の歴史が八百年だそうだからね、七百七十年というのはスゴイよね。

「工房まる」のメンバーは絵にテーマを持って描いている。メンバーに絶滅が危惧される動物を描いたらどうだろうかとスタッフが投げかけ、メンバーがそれに応えている。宏介はアホウ鳥を描いたよ。アホウ同士のコラボレーション？　アホウ鳥はかしこそうだけどね。ネクタイとか小物入れ、キーホルダーなどになっている。展示即売会があってて観に行ったけどね、何か縁遠いと思っていた博多織が身近に感じられるようになったよ。

このことはKBC九州朝日放送が取材してくれてね、ニュース番組の特集で放送してくれた。その男性キャスターが博多織のネクタイしめていてね、なかなかのものだった。これも宏介がテレビに収録していてスーパー戦隊を見飽きた時などに見ているな。

松澤造形教室と「工房まる」ね、前にも書いたけど宏介の大人への道を走る車の両輪だな。この二つがない宏介の日常って考えられないな。

V　宏介、これからもよろしく

宏介のホームページ

宏介との関わりを多く持つようになったのは、六十一歳で退社、年金生活に入ってから。この頃から愛子さんは大胆にも、オバアチャンのところ行きや松澤教室通い、「工房まる」の行事参加を、ダンナつまり私に振るようになった。

オバアチャンのところへは月・水・金に必ず行くことにした。最初、片道百六十円、時間にして五分以上・十分未満をかけてバスで行っていた。でもバス代が月に四千五百円かかるのはかなりの負担なので、歩くようにした。ウォーキングというほどのものじゃないけどね。往復で三十六分、歩くようになったら結構楽しいし、運動にもなりそうなので、火・木・土もだいたい同じ距離を歩くことにした。「月・水・金に必ずオバアチャンのところへ行く」と言ったら、長女ひとみは「月・水・金って何か義務みたいでイヤーねー」と言ったけどね。その通りだよ、ある程度の義務感がないと四年半も続かなかったと思う、オバアチャンところへの定期訪問。

毎日ね、これも私の役目となった夕ごはん炊き。一合を四時四十分にとぐ。五時に外で遊んでる子に家に帰りましょうと報らせる音楽を合図に、炊飯器のスイッチ・オン。そうしてオバアチャンのところへ行く。何故この時間にしたかと言うと、施設の夕食は早い人は五時頃から。早い人というのは自分でハシを持って食事できない人、介護が必要な人たちね。オバアチャンたち、自分でできる人は六時から。食いしん坊のオバアチャンはこの待ち時間がたまらないみたいでね。それを少しでも和らげようとしてこの時間設定、かなり親孝行でしょう？　オバアチャンは「会社の帰りに有難うね、いつも」と言う。宏介のイラスト入りTシャツに半ズボンという出で立ちで会社帰りはないもんだけどね。何度も「定年で退職して家事手伝いよ」と言ってもボケていて分からないみたい。「宏ちゃん元気？　あの人がまっすぐに育ってよかったあ」とこれは毎回。「ジャアね」と肩を叩くと、握手してきて「気をつけて帰らんとね、暗くなるから」。このへんの親子関係はくずれることとってないんだろうね、生涯。

六時に施設から帰る。五時四十五分に炊き上がったごはん一合を宏介が食べる。太田家では白いごはんはこの宏介の夕食のみ。私は夕食代わりにビール三五〇㎖と発泡酒三五〇㎖ね。朝は圧力釜で愛子さんが炊いた玄米を私と愛子さん。ミソ汁に相性抜群ね、玄米。宏介はダイエット中につきリンゴ半分とミソ汁。よくガマンするよね、宏介。自閉的傾向者としてダイエットに励みだしたら徹底するから、最大一〇八キロまであった体重が八〇キロかな今は。この食事ダイエットの他に自転車こぎ十五分、スクワット五十回、腕立ふせ五十回、週に二度のプール。これらの全てが効果的に働いての二八キロ減。やる時はやるんよね、自閉的傾向の宏介は。

昼は、宏介は「工房まる」で給食。私も試食会が開かれた時に行ったことがあるけど、おいしかったよ。思わず「ビール」と叫んだな。愛子さんは昼と夜は外食。私の昼はね、朝に続いて原則玄米だけどね。歩くのが苦にならなくなった私は、スーパーにおにぎり百五円を買いに行ったりする。愛子さんは私の昼のオカズ用に「チョットしたもの」を作ってくれるんだけどね。私の好きなこのチョットしたものが、ビールに合いそうなものばかりなんだよね。平日の昼からのビールは禁止、と自らしてるんでね。私の好きなチョットしたもので玄米やオニギリを食べるだけ、というのはチョットつらいものがある。

そんなんで、太田家は一日に白米は一合、宏介が夕食時にね。私が炊く前二十分に米をといで炊き上がって十五分後の六時に、このごはんを宏介が食べる。炊く前後に十五分から二十分と時間を取っているのは、「こうすればおいしいごはんに炊き上がります」とテレビ番組でやっていたのでね。宏介へのおいしいごはんの提供者、それは私です。

宏介はこの一合のごはんを茶碗二杯に分けて、一杯は納豆で食べ、もう一杯はあらびきウィンナー小さいの八個で食べる、毎夕食ね。愛子さんの作るオカズと野菜は空メシと言うのかな。ごはんとは別個においしそうに食べている。カロリーを取り過ぎかな。

このあらびきウィンナーと納豆を買いに行くのも、私の役目となっている。こうやって書いていると私もなかなか活躍してるよね。宏介にも貢献してるよ、かなり。

タイトルのホームページのことだけど、七年前ぐらいかな、宏介の兄信介が「宏介のホームページを立ち上げるからね」と言う。何のことか分からないので空返事をしていた。何かでアブク銭《ぜに》が入ったらしい、宏介兄は。それに貯金をいくらか足して、ホームページを立ち上げるとのこと。

「もう準備は進んでいる。お父さん、宏介のことをブログに書いてね」、「ブログって何?」。そんなやりとりがあった。宏介兄「新聞に首相の一日が書いてあるよね、あんな感じで宏介の一日を書いたらいい」。〝首相動静〟のことを言っているのかな。「バーカ、あれは番記者というのがいて首相について回るのが仕事、だからできるったい」と私。続けて「宏介九時十一分、まるに出かける。十六時五十分、帰宅。十八時より夕食。二十三時、就寝。私に書けるのはこれだけぜ、こんなの誰が読むか」。宏介兄「マアマア、何か書いてよ、宏介のこと」。このへん愛子さんに似てかなりアバウトだよ、宏介の兄は。私と宏介は織

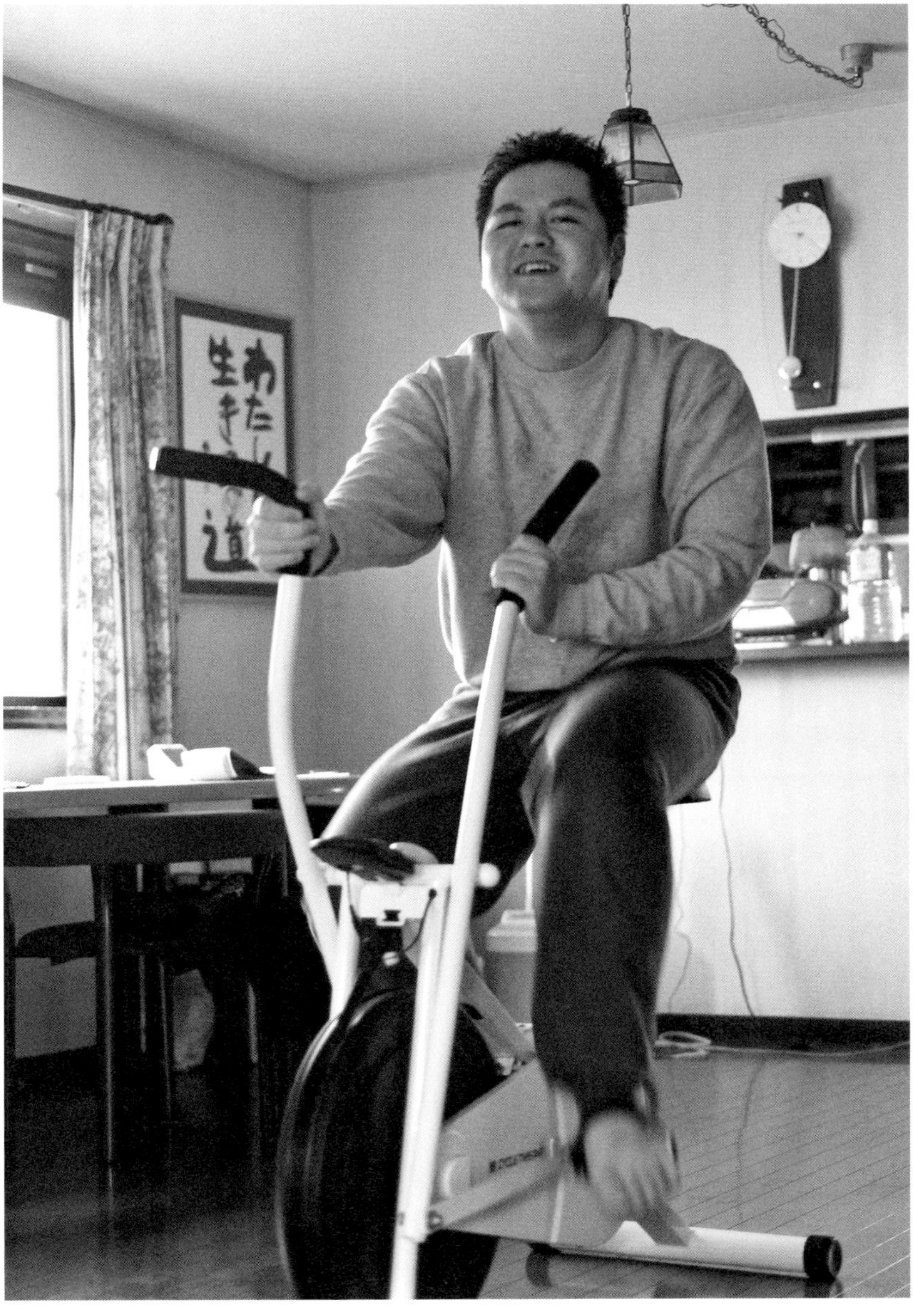

細、几帳面。

それからのスタートだったよ、このホームページはね。私はパソコンなんてできないしやる気もないんで、それもネック。宏介兄は随分熱心で、姉をクドいて姉にその仕事をやってもらうことにした。つまり、私が宏介のことを便箋に書いて姉のところへファックスを送る。それを姉がシブシブ、おもむろにといった手のこんだ作業となった。「ファックスぐらいは送れるんですね」の声あり。これはできるよ、しばしば「何も写っておらん」とかのブーイングはあるけどね、原稿を逆にセットしたりしてね。

とにかくかなりお金がかかっているんで、もったいないからやろうということになったんだったかな、やらざるをえないというか。

ブログを書き始めると、イヤでもね宏介のことに注目し関心を持つようになる。「イヤでも」と書いたけど、宏介がイヤという意味じゃないよ、ブログを書くのがイヤという意味ね。何か言い訳がましくて苦しそう、このへんは。

若い頃から手紙を書くのは好きとまではいかなかったけど苦にはならなかったな。切手代がオーバーしないギリギリの枚数、八枚ぐらいをよく書いたよ。学生時代はオバアチャン、当時はオフクロと呼んでいたかな。そのオフクロや東京に行った高校時代の友人と手紙のやりとりしていた。オフクロ・友人共に「どうでもいいことまできちんと書いてあるので、オマエの日常が手に取るように分かる」っておおむね好評(?)だった。

とにかく宏介のブログを始めることになった。自分のことだったらシクジッタことなどを書けばいいから楽なんだけど、オシャベリしない宏介を書くんだからね、大変だよ宏介のお兄ちゃん！

書くからには「ちょっとおバカな男ですけど、モノも言えないけど、オモシロイ絵を描きます。人相は悪いけど、性格はマアいいんです。ヨロシク」。

とにかく、宏介と宏介の絵を一人でも多くの人に知ってもらおう、といったスタンスで書いてみようと思った。

最初の頃のブログを三つ、四つ紹介しましょう。

〈2005・10・29　やっぱり家がいいなあ〉

北海道旅行が終わってヤレヤレな父です。やはり旅行もいいけど、家が一番といいながら、のんびりしていたら、一週間が過ぎてしまった。宏介は帰った翌日からマイペース。今日は絵とソンズへお土産持参で出かけて行った。夜はベスト電器へＤＶＤを借りに。それとたまりにたまった旅行中の洗濯物を何回かに分けて毎日洗ってくれる。その作業はようやく今日終了した。洗濯機フル回転でした！　干すところがなくなるほど洗い、乾けばたたむ作業、毎日ご苦労様！　拍手。（父）

これはね、定年旅行に行った時の話ね。会社はよくしてくれて、定年を迎える人に二十万円、自由に旅行楽しんでというもの。私と愛子さんと宏介、道東三泊四日の旅。家族旅行なんてね宏介が小学校に入る前ぐらい、イヤそれよりは後かな、姉、兄家族五人で湯布院に行った時以来。定年旅行のこの時にすっかり北海道ファンになって、翌年と翌々年、一人で道南三泊四日、道央三泊四日と北海道の旅を続けた。ブログにタイトルがいるなんて見たことないんで知らない。「やっぱり家がいいなあ」のタイトルはブログ実技担当の宏介の姉がつけてくれたみたい。いいね、私の趣味に合うよこのタイトル。次もブログから。

〈2005・12・13　クリスマス会〉

今晩はちょっと早めのクリスマス会が太田家で開催されました。愛子さんの仕事仲間が主なメンバーですが、毎年の恒例行事となっています。20代から50代の女性30名ほどのパーティーですが、私（父）も宏介も参加します。宏介は例によって、髪の長い美人の女性の姓名を聞いて、チェックするのに忙しく、食事も宏介の大好物のカレーやパン、春巻き、ローストビーフなどがならび、ご機嫌な一夜となります。愛子さんは若い頃からクリスマスが大好きで、もう一度24日家族でのクリスマスがあり、今年も終わることとなります。（父）

このブログで重要なのはね、宏介の女性の好きなタイプを書いていること。「宏介は例によって、髪の長い美人の女性の姓名を聞いて、チェックするのに忙しく」とあるように、美人である以上にね、髪が長いのが重要みたい。すごい美人でもショートカットにはあまり関心がなく、十人並みであっても髪が長ければOKなんだよね。この頃は〝長澤まさみ命《いのち》〟だったな。長澤まさみ主演の映画は必ずチェックして「天神東宝」などで観ていたようだ。

次もまたブログから。

〈2006・9・15　不意に……〉

十日の日曜日の出来事です。いったん起きて朝食をすませて寝不足だったので、ベッドでウトウトしていたら、宏介の「行って来ます！」の大声。「スイミングに行ったんだな」とその時は思っていました。近所のレンタル屋さんは5と10のつく日はビデオ・DVDレンタル半額の日。私、父はDV

Dを借りに行き、近くのスーパーでビールのつまみと宏介の昼食のおかずの足しにとコロッケを買って帰りました。昼、ビールを飲んで待っていたら、宏介はなかなか帰ってきません。少し心配しつつ待っていたら、十八時十五分頃ご機嫌で帰ってきました。「どこ行った?」、「海の中道」、「何をしに?」、「ボウケンジャーショー」、「何で行った?」、「ベイサイドプレイスから船に乗って行った」、「サインをもらった、楽しかった」。以上のやりとりがありました。教えてもいないのに、博多駅に行く時は地下鉄に乗るようだし、今回は船。このショーの情報とか、ベイサイドプレイスから船に乗るとかの情報をどのようにして入手しているのでしょうか？　ボツボツと時間をかけて聞きだしましょう……。(父)

このブログからでも分かるように、宏介は一人でアチコチ出かけるね。映画やショーのご案内をチェックしてね。以前はね、私が社員割引で定期購入していた情報誌『シティ情報ふくおか』の熱心な愛読者ではあったけどね。映画の案内、テレビ欄、イベント欄。私が持ち帰ると、引ったくるようにして取って熟読しておりました。

外に出かけると、加害者または被害者になる心配もかなりあるけどね。座敷牢は、いま時ちょっとはやらないし。リスクは負うけどね、宏介の大人への道にはとても大事なことだと思える、この一人歩き。

このホームページの前の項までは、愛子さんの講演用下書きと新聞記事を頼りに書いてきたんだけどね。宏介二十五歳の時に出版した第二画集以降は、愛子さんの講演用下書きは原稿用紙二枚でサラーッと流している。愛子さんの中で少し目途がついたのかしらね、宏介のこと。二十五歳から後はまたブログから拾い出しつつ、もう少し宏介のこと書き進めよう。

〈2007　9・18　宏介ダイエット奮闘中！〉

宏介は、トップページの写真では少し分かりにくいかもしれませんが、とにかく大きいのです！
現在宏介は自転車こぎ、腹筋、納豆ダイエットをやっているのに、いつの間にか100kgになってしまった。105kgが95kgになってこの95kgが壁になっていたけど、また100kg。そこで今夏は上記の（注：ブログは横書きだから「上記の」となる。長女の誤りではない）。ダイエットにプラス団地内ウォーキング6周を追加。「宏ちゃん、8月1日から始めて31日に体重が減っていたら、1kg減につき千円あげる」と約束。何でもお金というのはよくないけどね、これはたまたま。しかし宏介は張り切っている。やりだしたらずっと継続するのが特徴。1kg減につき千円というのを宏介はよく分かっていないようだ。8月31日に測ったらなんと96kg。四千円の出費となるが、よく分かっていない宏介が「二千円？あっ三千円だ」と過少申告。とかく申告漏れとかうるさいけど、この場合私、父は「よし」として三千円渡した。9月はどうなることやらで96kgからのスタート。95kgの壁を破ったらうれしいけどね。

二〇〇七年九月にはこんなことを書いているんだね。ダイエットの内容は少し変わりつつ、継続して二〇一一年三月現在は80kg。自閉的傾向者の特徴、〝良かれ悪しかれ〟継続。「継続は力なり」の良い例だな、このダイエット。
二年分とばして、次もブログより。

〈2009・12・29　この一年〉

残すところあと3日。喜怒哀楽、いろんなことが太田家にはあった。宏介は昨年、小学校の入学時からの友人（女性）の結婚式に出席した。すでにこの頃からダイエット効果があったのか、フォーマルがブカブカ。この際にしっかりした礼服を買うことにした。今年この礼服が大活躍（？）してしまう。一月に愛子さんの母が82歳で亡くなる。子宮頸がん。今の時代、しかも世界一の長寿日本女性の82歳というのは早死にだと思うが。二月は宏介兄の結婚式。ここでも礼服で参加。腕を組んで入場してくる新郎新婦に感動。「宏介も直子と結婚する」と発言。直子とは宏介のいとこで髪の長い美人。「直子は年が上だし、いとこだからやめた方がいいよ。長澤まさみにしたらどうかな？」とアドバイス。今もなお「34歳で長澤まさみと結婚、お父さんもお母さんも出席する？」と聞かれることがあるよ、宏介自身から。「出席します、まさみの父になります、喜んで」と応える。

三月には愛子さんの還暦パーティー。ホテルにて80名くらい集まったのかな。四月に地元太宰府で初の個展。あまり期待していなかったけど、たくさんの方々に来ていただき嬉しく、びっくりもした。四月十日に介護施設を退所し、おばあちゃんが自宅に帰ってきた。三年半ぶり。一カ月間ステイとデイケアで過ごし、五月十日に再入所。六月にそのおばあちゃんが吐いて38度の熱を出す。この熱の原因を調べているところで肝臓にガン発見、病院に移るか、自宅か、ホスピスも検討しだす。

今年の前半で宏介は、かなり長編のテレビ出演をする。昨年末から今年早々に取材を受けていたテレビ東京の日曜特番オムニバスに出演。首都圏での放映だったけど、20分くらい出ずっぱり。DVDで観た。自宅、造形教室、工房まるでの一日など私も知らない宏介の世界が見えた。

春にはケーブルテレビが宏介の世界を紹介してくれた。太宰府での個展会場の様子なども含まれて、これまたDVDで観た。

宏介は夏から秋にアートライブを工房まるの仲間と行う。今泉のバーや芦屋海水浴場が会場となる。

九月末におばあちゃんが吐いて38度の熱を出し、ホスピスへ転院。そこで93歳の誕生日を迎えることができた。

12月10日におばあちゃんが亡くなる。苦しむこともない大往生と言っていいかな。

宏介の礼服の出番が回ってきた。礼服を着た宏介がやさしかったおばあちゃんの棺《ひつぎ》をかかえたりした。

今年はこのへんで。来年がもう少し良い年になるといいね。

宏介が結婚宣言したり、テレビで紹介されたり、大人になっていく大きな通過点となる年ではあったな。やはり両方のおばあちゃんの死というのがね。宏介の奇声の一つに「殺すぞ！ ホラ」というのがあってとても耳障りで嫌なんだけどね。死というものがどんなものか知ってもらういい機会とも思ったりした。年始と年末にあった二人のおばあちゃんの通夜と葬儀。「顔をよく見ておくように」とか「骨になったろう、黒い所がガンのあと」とか、しつこく教育的指導。宏介は何かを感じたはず。スーパー戦隊シリーズなんかでも死んだと思ったらすぐに生き返ることが多々あるんでね。死を軽く考えてもらっては困る。

でも、二人のおばあちゃんの死によって困ったのは宏介だったな。年が明けてのお正月、二万円のお年玉の減。かなりショックを受けたみたい。生きていくのも時としてツラいことってあるよね、宏介。

三十歳までにもう少しお利口に

今、この原稿をどこで書いているかというと、喫茶店で書いている。六人座れる大きなテーブルを一人占めしている。いよいよ流行作家ふうになってきたね。後半になって作家が板についてきたかな？

実は「大人になります宏介30歳の春――第15回個展・宏介29歳」の会場がこの喫茶店で、私は店番をしつつこれを書いているところ。タイトルとサブ・タイトルは愛子さんのネーミング。

下大利駅という宏介が一年に三百五十日以上、乗り降りする駅の近くにある喫茶店。ケーキセット七百円がおいしい。ここはね、絵はもちろん画集やポストカードの販売などお店でやってくれるのでとても有難い。だから店番はしなくていいんだけれど、愛子さんが「来てくれる人はついでにというんではなく、ワザワザ下大利まで来てくれるんよ、大事にしなくては」ということで、誰かはおろうということになったみたい。

いつもの身内を総動員して三交替制。私はこの間、めずらしく会社のＯＢ会の旅行や行きと帰りに兄のいる滋賀に一泊ずつし、東京に行くというスケジュールもあったのではずされていた。東京は百歳になるオバサンのお祝いだったけど、「少し体調が悪い」というんで中止となった、残念。そんなんで店番もしつつ、これを書き進めようと思っているんです。

私がいよいよ年金生活になり、家事手伝いになったのを機会に〝宏介のことをもっと観察しよう〟と思った。〝暇つぶし〟といったら宏介に失礼かもしれないけどね。ブログのこともあるんで宏介の言動に注目する必要ってどうしてもあるんでね。

〝言動〟と書いたけど〝言〟は相変わらずいまいち。よくオシャベリな障がい者もいるけど、宏介はあまりオシャベリは得意ではない。そんなんで（そんなんでと言ってもどんなんだ、とツッコミたくなるね、自分自身で）〝三十歳までに宏介がもう少しお利口に〟というプロジェクトを立ち上げることにした。プロジェクトといってもスタッフは私一人。やることは〝神頼み〟。寺社仏閣を見かけたら十円を入れてね、「宏介がもう少しお利口になりますように」とひたすら念じるというプロジェクト。宏介と並んでお参りする時ってあるけど、宏介に聞こえるようにわざと言うと宏介はけげんな顔をするのがおかしい。

そのへんのところを何度かブログに書いたんで、それを引用するね。

〈2008・1・20　宏介、30歳の時どんな顔？〉

数十年前に評論家の大宅壮一さん（すごくあいまいで〝宅〟ではなく、〝家〟かもしれないし、ソウイチさんでないかもしれません。ごめんなさい）が、「男の顔は履歴書」と言ったか書いたかの記憶がある。「ブス」と言われて「そんなの両親に言ってよ」というのではなく、大人になるにしたがって自分の顔を作っていくもんだというふうに私はとらえたけど、違うかもしれない。いずれにしろ宏介が30歳になった時にそれこそ履歴書がわりに、名刺がわりに「太田宏介、30歳、この顔です」と言ってほしい。人格形成みたいな。宏介は今年6月6日で27歳。30歳にむかって3年計画元年としましょう。

宏介のこの二、三年のことを書いて終わりにしようと思ったんだけど、〝かかわり〟は増えたはずなのに書くことを思いつかない。困ってしまった。「何かくだらんことをいっぱい書いた経験あるんだけどなあ」ってね、「そうだブログだ」。

やさしい性格の長男に頼んでブログをプリントしたものをもらった。自分で書いたものなのにこうして見てみると何か変な感じだね。しかし、わりとテレずに拙《つたな》いけど、たどたどしいけど一生懸命書いてる様子がうかがえる。私の人生の中では「一生懸命」って言葉は死語となっているはずなんだけどね。

次はそのものズバリをブログより引用。

〈2010・2・17 もう少しお利口に〉

ご無沙汰して申し訳ありません。宏介の父です。またこんなに期間をあけないようにして、更新していく予定です。よろしくお願いします。「30歳までに宏介がもう少しお利口になりますように」プロジェクトを立ち上げたのは宏介27歳の時。宏介は6月6日が誕生日。だからこの正月はちょうど中間点、28歳と6カ月ということに気がついた。相撲で言うと中日《なかび》、8日目が終わったといったところかな。経過は5勝3敗の勝ち越し、とプロジェクト員の私は評価しているのだけど。

勝ち越しの内容はと言うと……

①ダイエットの成功。一番ひどい時は108kgあったのに今は79・4kgになった。

②朝からの風呂掃除、足湯健康法、ダイエットのための運動など宏介が自発的にやっているものを遅刻してでも必ずやっていた。これが「遅刻はダメ」と言って、何かを朝からやるのをやめ、帰ってか

らするようにと指導したけど、なかなか変えることができなかった。遅刻ばかりしていたある日、愛子さんが具体的に「足湯健康法は帰ってきてから!!」と言ったら、その日から遅刻なしとなった。足湯健康法は夜に十五分。

③洗濯が自分の役目となったこと。洗濯をし、干すところまでは自分がすることで定着した。

これらが勝ち越しの部。健常者だとなんということもないことだろうけど、「変わる」、「変える」って障がい者にとっては苦手なことなのでね。

負けの部は、やはりなおらない日曜日のイライラ病。そんなにひどいものではないけどね。今年もすでにバトルになったのが一回。療育手帳の再発行に写真が必要になり、「宏介、パスポートを作った時の写真が二枚残っているだろ?」と言うと、「ない!」と宏介が言って顔色が変わり目がすわっている。足の太ももをたたかれた。「どうした宏介、お父さんは写真がほしいと言っただけだぜ」と言ってどうにかおさまった。翌日、「お父さん本当にごめんなさい」と言った。一件落着。30歳まであと一年半ある。もう少しでいいからお利口さんになってね、宏介。

ブログを読み返したら、何かあやまってばかりいるよね。最初は、オオヤソウイチさんの正しい漢字はとかね、調べて正しく書くのが正解なのにね。次はブログを長いこと書いていなかったことをあやまっている。これはシバシバあるな。宏介はあまりオシャベリしないし、「書くことがないなあ」と思うことがある。私自身のことを書けばいいのなら、それこそ毎夕のビールのつまみなども書けるんだけどね。一応「ちょっとオバカな青年ですけど、ユニークな絵を描いたりするんです。お見知りおきを」と宏介を紹介するのがメインのブログだからね。時として絶不調に書けないことがある。

「三十歳までに宏介がもう少しお利口に」がらみのブログをまた引用します。

〈2010・6・8　宏介あと一年で30歳〉

今日6月8日火曜日。200円の二日市温泉から帰ってきたところ。回転寿司で生ビールをちょっと飲んできた。8日なのに梅雨入りしていない。12日ごろになるらしい。その前に植木屋さんにカシの木を切ってもらったり庭の手入れ。年に二回来てもらうのはおばあちゃんが手配をしてくれていたが、今は私の役目になった。

6日は宏介の29歳の誕生日だった。うまい具合に日曜日だったので、父の日も兼ねて誕生祝い。宏介の姉家族、宏介の兄家族、そろって総勢9名。野球ができるね、ソフトバンクホークスより強いかも。

宏介へのお祝いは私と愛子さんからが現金、宏介兄も現金。宏介姉は壊れてしまってはめてなかった腕時計だった。宏介はほしかったDVDやCDを買うだろう。それと映画鑑賞ね。パンフレットがあって、それによると『ライアーゲーム』、『のだめカンタービレ』、『トリック』に行っている。『のだめカンタービレ』って上野樹里が主演女優。のんびりした物言いが気に入り、私もファンになっている。

勝手に私が立ち上げた「30歳までに宏介がもう少しお利口に」プロジェクトがいよいよ最終年となる。健常者の青年であればなんということもない事柄の、ちょっとした変化が宏介の場合、私には大変貴重で楽しみなこと。ボチボチ過ごそうね、この一年を。宏介、よろしく。

ブログにあるように、健常者の青年であればなんということもない事柄ね、日常のささいなことでも変わること・変えることって宏介にはとても難しいこと。プライドも高くて、自分のやっていることが否定されているという勘違い（?）も多々ある。直してほしいなと思う行為は〝ダメモト〟で教育的指導を行うつもりだけど、決して深追いしない。ねばり強く次の機会を待つ。
最後に神頼みをブログより。

〈2010・10・7　久々の観世音寺〉

国勢調査のお世話をされる方が宏介の小・中学校で一緒だった女の子のお母さんだった。宏介が個展を開く時に中学校の卒業アルバムの名簿でDMを書いて送るのを見て知った。変わった名字なので印象深い。私が「太田」というありふれた名字なので、あまりない名字にあこがれるところあり。

宏介は10月1日衣替え。しかしながら暑いので衣替えせず、半袖オリジナルTシャツで通所している。以前なら10月に入ると何が何でも長袖・長ズボンだったけど、このへんが少し変化したかな。その代わりといってはなんだが、1日に扇風機を収納庫に片づけていた。

久々、観世音寺に行き10円で「もう少し宏介が利口になりますように」とお願いしてきた。

久々といっても2週間ぶりだけど。図書館に本を返して借りるのが2週間サイクルだから。今回、借りた本が『博多っ子純情』第4巻、『いじわるばあさん』、『断固不良中年で行こう!』とDVDが『プリティプリンセス』。ズシリと重いものをかついで、観世音寺→戒壇院→大宰府政庁跡。観世音寺は紅葉はもちろん早いから何も期待せずに行ったら、お寺の周りは見事なコスモス畑だった。3組5人の方がコスモスを中心に絵を描いておられた。政庁跡に行く道には彼岸花がまだ咲いていていて、これ

も2組4人の方が絵を描いておられた。変化していく宏介だけど、こうやって外で絵を描くということは決してないだろうなと思いつつも、描いてほしいなと思う通知表の図工が〝2〟の宏介父です（体育も〝2〟でした）。

図書館に二週間サイクルで本やＤＶＤを借りに行くけど、行きはどこまで行っても百円のバス〝まほろば号〟で行く。帰りは観世音寺で〝お参り〟してブラブラ歩いて電停まで。よいウォーキング・コースとなる。この〝お参り〟、常に内容が同じで「もう少し宏介がお利口になりますように」。大事なお願い事だけど、その割にはお賽銭が十円なのは如何なものか。十円だけどね、観世音寺だけでもトータル四百円以上・五百円未満にはなっているはず。あと、北は東北の中尊寺から南は鹿児島の霧島神社まで、日本全国ね。

願いはかなり叶ったと思う。何度も言ったと思うけど、健常者の青年であればなんということもない事柄の、ちょっとした変化がね、「30歳までに宏介がもう少しお利口に」のプロジェクト員（私のことね）としては貴重。その三十歳までにあと二カ月、もう充分という気持と、もう少しだけお利口になれるかもという気持もある。〝親の欲目〟かな。

前期高齢者の私、六十五歳四分の一人前。知的障がい者の宏介、三十歳四分の一人前。二人で上手にコラボして半人前を目指そうよ。宏介、これからもよろしく。

OHTA KOUSUKE

太田宏介作品

2

2002-2011

（アクリル作品を中心に）

［構成：龍　秀美］

アジアゾウと森（F50　2006）
福岡市に寄贈（福岡市立こども病院に展示）した作品。

ソンゲ族のお面とやさいたち
（F20　2003）
初めてのアクリル作品。

アフリカ・二人像（F20　2004）

ツルグエ（F4　2004）

コウモリ（F8　2006）

フラワーポップ I （F8　2006）

バラ（F20　2011）

ユリとシンビジウム（F20　2006）

横たわる猫とチューリップ（F8　2010）

ワンちゃんとひまわり（F8　2010）

白い犬（インチ　2004）

犬（インチ　2004）

パラダイス（F30　2004）
福岡市に寄贈（福岡市男女共同参画推進センター・アミカスに展示）した作品。

魚つりをするカエルとカバ
（F15　2003）

きれい

左上より，フクロウ／赤い実／ダイモンジソウ／カマキリとしょくぶつ

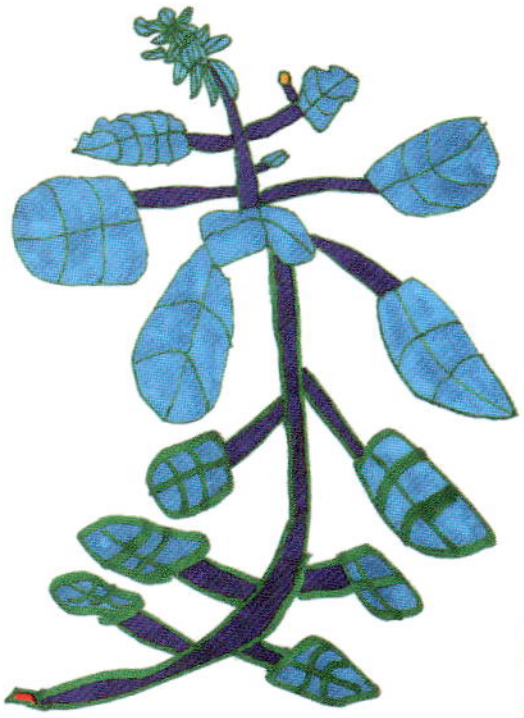

左上より，青い花／山羊／ヒルガオ／とかげ（マーカーペン　2006）

左上より，オケラ／ウシハコベ／紫色の花／アリクイ／花と木

左上より，青いばら／モリイノシシ／葉と木（マーカーペン　2006）

アルゼンチンゴリラ（F8　2008）

マダイの親子（F50　2011）

【付録：アート鼎談】

未知の可能性を求めて

［構成：龍　秀美］

松澤佐和子（城戸佐和子）
松澤造形教室主宰

太田愛子（太田宏介母）

龍　秀美
詩人・編集者
［司会進行］

＊『太田宏介作品集 Ⅱ』（2006 年）より転載（一部加筆）

❖初めてのアクリル画

龍　去年、「ギャラリーSEL」で個展（注：第9回個展）をされましたね。そのとき会場の雰囲気が前回とすごく違ってたんです。入ったとたん太陽のような輝きが全体に溢れて、「うわあー、すごいなー。こんなに変わった」という印象で。どうしてあんなに違うのですか？

松澤　アクリルが全部。初めてのアクリルだけの個展でしたから。

龍　色彩の輝きなんでしょうか？

松澤　それと動物への愛情みたいなのが楽しい絵になっていましたね。宏ちゃんの動物にはユーモアがあるんです。表情に面白みがあるので、そのへんで笑いを誘う。それと線と色、かたちに緻密さが出てきたんです。力強さは変わらないのだけど、精密さみたいなもの。

太田　今回、家族が全員協力しました。長男も帰ってきて、二日間搬入も手伝いました。家族総出で娘も。ホームページも立ち上げました。

龍　お兄ちゃんとお姉ちゃんが作って、そしてパパが文章を書いていらっしゃいますね。

松澤　これでいけると、宏ちゃんの中で確信のようなものが出てきたんじゃないかなあと思います。「もう、これでいくぞー！　動物描くぞー！」みたいな。今まで動物とかに興味がなかったのに、「今回は動物シリーズで個展してみる？」と聞いたら、「します！」と言うので、テーマを動物にしたのです。今まで動物を描くこともなかったんです。

龍　実物の動物を見て描いた場合と写真や図鑑で描いた場合は別ものですか？

松澤　そんなことはないですね。私の家で猫も描くし、実物を見て描けると思います。図鑑を見て描くこともありますけど。

龍　それってすごい進歩ですね。私の知っている五、

「ギャラリーSEL」での個展

六年前の宏介くんは、お魚とか野菜とかを先生が持ってこられると、扱いまわして、いじって確かめて、自分で納得すれば、もうあとは見ないでばーっと描いていましたけれど、モノが提供されないと描けなかったですね。

松澤　そうなんですね。

龍　それがある程度、自由に描けるように？

松澤　そうですね。前から本質的なものを捉える力はあったと思うのですが、それが動物には向かっていなかった。今回はゴリラの親子、イノシシ、サイとかを中心に。

龍　図鑑は同じものを見ているんですか？

松澤　いろんな図鑑を見ています。どれを描いてみたいかは、その日その日で違うんです。描きたい動物はサイ、ゴリラなど。普通は可愛い動物じゃないものですけど、宏ちゃんが描くと可愛くてほのぼのとしてしまう。人間性が滲み出るんでしょうね。「サイがこんなに可愛いんだ！　イノシシがこんなに可愛かったんだ！」と気づかされる。

龍　その可愛さみたいなものは五年前の前回画集のときもありましたね。収められている作品は十三歳ぐらいから十九歳まででした。

太田　最初、クワガタムシあたりから、あれは中学。魚の絵が中三の夏休み。だから中一くらいからですね。

龍　キャリアとしては、十三歳から始めて今二十五歳だから、今年で十二年。最初の画集はこれまでの歩みだったのですが、今回の画集は前回とはずいぶん違います。

松澤　筑後養護学校で寄宿舎生活をしてから自立しましたね。それから線が力強くなって、その後福岡に戻ってきてからは、一般の交通機関を使って自分で天神でもどこでも行けるようになってきたんです。その時にアクリルとの出合いがあって、アクリルによる線の強さをぐっと打ち出してきたんですね。

龍　生活と画材がうまくマッチングした時期にあたるのでしょうね。

太田　自信がついたんです。与えられたことをやるのではなくて、自分で考えて自分で行動する部分が増えていった分だけ、それが絵に出てきたのではないでしょうか。

❖自閉とコミュニケーション

龍　私はこの頃ずっと宏介くんを見ていると、私たち一般の人間がこれまで頭で考えていた自閉症というのは、実態と違うんじゃないかと思うようになりました。実は生活に沿って自然に行動が移っていくんですね。

松澤　やはりその可能性は否定できないですね。宏介くんがこんなに自立できるようになるって、誰も最初は分からなかった。お医者さんでさえも「自閉症の子はコミュニケーションができない」と断定的におっしゃる。それを宏介くんが自分の実体験を通じて「いや、そうじゃない。僕、変わってるだろう」と教えてくれる。コミュニケーションができないなんて、誰が言っているんだというぐらい、私とも他の人ともコミュニケーションができる。最初は少し難しいかもしれないけれど、いろんな経験によってこだわりも少しずつとれてきて。

個展での挨拶

太田　臨機応変がだんだんできるようになってきたんです。例えば洗濯ものを干すのは彼の担当なんですけど、いつも前の夜十時の天気予報で、外に干すか家の中に干すかをちょっと考えるわけ。でも、天気予報どおりにならないときがありますね。以前だったら「宏ちゃん、雨だから取り入れるよ」と言うと、もう顔色が変わるんです。最初のうちは、取り入れたものを全部また洗濯機の中に突っ込むわけです。もう一回最初からリセットしないと気が済まない。すごく機嫌が悪くてパニックを起こす。「話が違う！」って感じで。ところが、今はそういう状態になったとき、「宏ちゃん、雨だったね。天気予報当たらんやったね。取り入れると？」と言ったら「はーい」。「ちょっとしか濡れてないから干しとくよ」、「はーい」。そのへんがすごいで

個展にて林田スマ氏と

すね。

松澤　絵でもそうでした。やはりすごくこだわりが強くて、そのときに「これ」を描くと決めないと駄目だったんだけど、ちょっと変化に対応できるようになってきたんです。「宏ちゃん、この間描いた花だけど、今日は枯れてしまったの。花無いけどいい？」と言ったら、「いいです」と。前だったら「嫌、駄目です」と断られたと思うんだけど、ここ数年、そのへんの変化が著しいですね。人間として成長して、相手の変化に合わせられるようになってきている。今まで、自閉症の子どもに対して「彼らはコミュニケーションができないから、こだわっていることをやらせ続けるしかない」みたいなことしか、世間は言ってきてない。ところが実際の宏ちゃんの生活ぶりを見てみると、そうではないことが分かります。

龍　専門家の方々は、言葉での「コミュニケーションができない」と思われるのではないでしょうか。でも、コミュニケーションは言葉だけではないから。

太田　親も周囲から「こうなんだ」と言われるから、そういうものだと決めつけて囲ってしまう。

松澤　太田さんのところが偉いなと思ったのは、例えば一人で電車に乗せて出すというのは、交通事故に遭う可能性もあるわけですね。それをあえて、リスクも含めて分かっていながら、宏ちゃんを「行きたいところ」に行かせてあげる。そして見守ってあげるということができる、ご両親がね。最初は不安だったろうと思います。

太田　かなり勇気がいりました。宏介が「工房まる」に行くときには交通機関を三つ乗り換えないといけないんです。下大利《しもおおり》まではどうにか行っても、下大利から天神はどれでも行けるからまだいいとしても、帰りは大牟田方面で急行でしょ。電車は何種類もあるし、普通電車もあるわけ。さんざん言って聞かせて、体中に名札を付けて、私の携帯も入れて。何かあってはと、少しずつ尾行しながら二週間練習したんです。でも尾行されるのが嫌なのね、気配で分かるの（笑）。ものすごく勘がいいから。そうしながら少しずつ慣らしました。初日は私、ものすごく疲れて、無事に家に帰ってくるだろうかと、ドキドキして仕事になりませんでした。いろいろ失敗もあったと思いますが、そうしながら自信になっていく。これは健常者も同じですよね、自分がやっただけ身についていくわけだから。そのことを身をもって体験したと思います。

❖社会とのつながり

龍　今お話を聞いていて「あっ、そうか」と気づいたことがあります。私自身、最近若い世代の人たちと話が十分に通じないときがあるんです。どうして通じないのだろうと考えたら、自分の決めつけがあるんですね。自分は先輩だ、自分の考えが正しいということを決めつけているのかもしれない。それを相手側からの発想で話ができれば、たぶん通じる。同じですよね。

個展にてギター伴奏で歌う

松澤　私たちの方が気づかされる。宏介くんが変わってきた過程を見ることで、こんなに人って可能性があるのだと。

龍　本人が望んでいることに誘導してあげれば、しかも具体的に望んでいることで。

松澤　この前、お母さんがおっしゃってたんです。「宏ちゃん、一万円と五千円、どちらがいい？」って。「一万円がいいです」、「一万円があったら何が買える？」、「ビデオも買えます。ＣＤも買えます。ＤＶＤも買えます」。実際そういうふうにして仕事にも行くようになってるんです。

太田　一週間に一回ね。

龍　何の仕事ですか？

太田　電器店とかとかパチンコ店に卸す装飾品を作っている会社なんです。いろんな色で目立つグッズを切ったり貼ったり、色々なことをさせてもらっているようです。社会の中でお金を得ることを味わわせてやりたいと思うんです。こうすればお金がもらえるんだと。

でも時々「社長の車を洗いましょう」なんて言うんですって、掃除は嫌いなのに。自分の部屋は片付けるけど、家の掃除は知らん顔するくせに、「車を洗いましょう」だって（笑）。たまたま偶然なんですが、その会社は、宏介もイラストを描いている「工房まる」のカレンダーを五十部買い取って、いろんなところに配っていたそうです。だから縁なんだなァと思いました。宏介の絵を前から見ておられたんですけど、知らないで雇っていただいてたんです。その会長さんがこの前個展に来られて、あの「ひまわり」を買ってくださったんですよ。

松澤　仕事も、周りの方々の理解があってこそですね。

❖アクリルに変わるとき

龍　今度はアクリルの話をお聞きします。水彩からアクリルに変わるとき、何が大変だったか。

松澤　ものすごく大変でした。

太田　私も、もう止めたほうがいいんじゃないかと思うくらい。

松澤　ある意味では宏介くん、パニック状態でした。水彩のときは一つのパターンとして、クレパスの描線で線と線の間を水彩絵具で埋めていくような手法でした。または一度鉛筆で描いて水彩で塗って、最後に割り箸ペンで黒い墨の線を入れる。この二つのパターンで描いてきたんです。ところが、アクリルというのは色を重ねて作品を作る。水彩では重ねるということはあまりない。大体、一発勝負みたいなところですね。アクリルになると、何層にも色を重ねていくので、重ねるということをまず拒否する。一回塗ったら、もう出来上がっていると思う。「宏ちゃん、違うよ。今回はアクリル絵具だから、もっと重ねていいんだよ」と言うのだけど、「何で、できている作品に重ねないといけないんだ」と。そのことですごく抵抗があって。

龍　洗濯物を取り込んでしまったら、もう一回リセットしなくちゃいけないような世界ですね。

松澤　塗り重ねたものを削ったりする作業も教えるのですが、それに対しても抵抗感があって。ペインティング・ナイフを使って絵具を塗りつけるのも、「そんなもの何故必要なんだ」と。

トークの様子

龍　自分の塗った作品を壊すという感じがするんでしょうか？

太田　それもあるし、自分がやったことを否定されていると受け取る。プライドがすごく高いので、否定されると顔色が変わる。

松澤　だから、出来上がらなかった絵を没にするときも苦労する。

太田　あの絵があったはず、と覚えているんですよね。

松澤　宏介くんに納得させせないと進まないから、「宏ちゃん、アクリル絵具はね、下地を塗ってから上から重ねると深い色が出るんだよ。今塗っている色にもう一つ宏ちゃんが好きな色を重ねたら、もっと素敵な色ができるから、ちょっとやってみようか」と言いながらやる。宏ちゃんはきれいなもの、美しいものがすごく好きなので、言葉で説明して、やってみて「どうだった？」と聞いたら、「きれいです」とやはり言うんですね。そこで、こんなふうに重ねたり、削ったりすることで自分の作品がきれいになるんだと、やっと納得してくれたんですよ。「宏ちゃん、面白いのができたね。この間よりずっと良くなっているよ」と言うと、もうニコニコで。最初の一、二カ月は大変なことでした。足踏み状態で、もう絵が嫌いになるんじゃないかと思うくらい。

　最初のバラの絵は大失敗でしたね。まるでペンキ塗りみたいで。ガーンと来ました。今までの積み上げが駄目になったと感じた。そのころ「工房まる」で額縁作りをしていたんです。均一に塗るくせがついて。「まる」に電話して「今、何をしてます？」と聞いたら、「ペンキ塗りです」。それでしばらくその仕事から外してもらいました。なかなか今までのような伸びやかな線が出なくて。体調とかで萎縮することもあるんです。

太田　私も途中でね、「先生、もうやめましょうよ。水彩でいいです」と言ったくらいでした。

松澤　でも、私の方が逆に納得できない。ここで「宏ちゃんを捨てたらいかん」と。宏ちゃんに何とかアクリルの面白さを伝えたい、自分が面白いと思ってやっているることを宏ちゃんにも知ってほしかったので、ここであきらめさせられない。意地でも面白さを知ってもらいたいというのがあって。絶対、宏ちゃんにアクリルへの道を開くのだ、という使命感みたいなものがありました。それで色々やって、宏ちゃんが「アクリルで描くことによって面白くなってきたな」と気づいてくれた段階から、頑張ろうという気持ちになっていったんです。それまでは「嫌々」です。

龍　嫌というのは変化が怖いという嫌ですか？

松澤　やはり自閉症の子は急に変わることが苦手ですね。

龍　一般的にそうなんですか？　プライドが高いというのも一般的？

松澤　宏ちゃんは、プライドの高さもあるかもしれないけれど、自閉症の症状の一つで、変化が一番苦手だから、順応するのに時間がかかる。

太田　予定どおりだったらいいのよね。きちんとできるわけ。

龍　一般的にそうですか？

松澤　自閉の子どもは大体そうですね。だけど、個人差はありますね。一つの試練だったと思います。自分の中で納得しないとできないんだから。それとアクリルができたことが、ある意味では自信になったかもしれない。それまで「水彩画しか嫌だ！　アクリルを重ねるのは嫌だ！」と思っていたんだけど、それができるようになって、私からほめられて「宏ちゃんすごいね。ものすごく良いのができたじゃない！」と言われて、僕も対応できる、変われるんだということが自信になったんじゃないかと思うんです。

他のことも変化できるようになってきたし。いろんな意味で臨機応変に変われる。そういう意味での順応性がものすごく出てきている。それって二十三から二十四歳くらいからですね。それまでは臨機応変に変わることが一番難しかったんです。

龍　アクリルの作業が、いわゆる脱出口というか、自閉のある部分を突破したのでしょうか？

松澤　それが原因かどうか分かりません。でもきっかけの可能性にはなるのかな、と。

龍　ずいぶんほめるでしょう？

松澤　すごくほめます。

太田　それっていき過ぎじゃない、というほど（笑）。

松澤　でも、私はお世辞は絶対言わないことにしています。宏介くんだけでなく、うちの教室の生徒には絶対お世辞を言わない。駄目なときは駄目、悪いときは悪いと言うことにしています。でも良いときは「素晴らしい」と、本当に自分が感動しているから、すごいと思う気持ちをそのまま出します。宏ちゃんも喜んでくれる。

龍　ほめないとき、先生が「うーん」と思うときにはどんな反応をしますか？

松澤佐和子

松澤　宏ちゃんがやはりいらだつ。「今日はほめてもらえん」みたいな感じ。「今日はちょっとここがまずいかなー」と正直に言います。「色合いがあまり良くないかもね」なんて言ったら、むすっとした顔になる。「先生は色を決めないから、宏ちゃんがどうしたらもっと良くなるか考えてくれる？」と言ったら、「この色にします」と。「あーいいねえ。これに変えたらさっきより随分良くなっている。宏ちゃん、良くなったのが分かるやろう？」って言ったら、「はい！」と。「それでいってみよう！」と。

龍　それは本当に自主的に納得しているわけですね？

松澤　だから強制的に「この色にしなさい」ということは絶対しません。それをしたら私の絵になってしまうから。

❖いろいろな可能性

龍　私は第一画集も編集させていただいたんですが、今度見ると、最近の作品はまるで違う絵のように見えます。実はこの間、福岡市美術館学芸員の柴田勝則さんが秀巧社（龍の勤務先）に見えたんです。柴田さんは障がい者の美術に興味をお持ちで、展覧会を企画されたり評論をお書きになったりしています。それで障がい者の美術についてお聞きしてみました。柴田さんによると、今まで障がい者の人というのは変わらないものだというふうに世間が思っていたそうです。一つの才能があると「それ！」と言って飛びついて、例えば山下清だったら貼り絵が描けるということで、周りもそれを要求するし、本人は変わりたくないからそれをずーっとやる。そんなものだったということです。

　それで私が柴田さんに「宏介くんのように素材とか描き方とかが変わっていくような、そんなことをした人の例は現在までありますか？」とお聞きしたら、「僕の知っている限りではないですねー」とおっしゃっていました。そこまで変わらせるというか、変わる可能性を追求しようという指導者もいなかったし、何か才能が一つあればそれで周りも本人も満足という感じだったんです、と。私もそれを伺って、宏介くんの例は何か興味深いことなんだなあと思いました。この後、松澤先生もいろいろな可能性を考えていらっしゃると思うのですが、油絵までいけると思いますか？

松澤　アクリルと油はそう変わらないので、今度しようかなというのは立体ですね。いつか宏介くんと立体をしたいなあ、と思っています。もともと立体は好きだと思うんです。最初のとっかかりは粘土だったし、その機会が今まで与えられていなかっただけだから。

龍　「工房まる」で宏ちゃんが立体を作ったときの写真がありましたね。ダイナミックなものができそうな気がしますね。

松澤　日本人には、これって決めたら一生やり続けなくてはいけないという偏見があるので、もっと可能性を追求したい。六十歳になっても、七十歳になっても新しいことを始めたって別に構わないでしょう。「何を大事にするか」ですね。完成されたものを求めると、変えることはゼロに戻すわけだから。完成することより、過程を愉しむ、「なんかやってみよう！　どこまでやれるか試してみよう」みたいな試しの人生もいいんじゃないかと思うんですよ。

龍　私たちもその過程の中に参加させてもらっているというか、いつの間にか巻き込まれているのを感じるときがあります。ここに巻き込まれて良かったなあ、とそんな感じがします。

松澤　完成度を追求していくよりも、もっとその人の生きているそのままが出ている作品を作っている方がいい。平面であれ、立体であれ、根っこは一つなのだから、表層の変化に惑わされなくてもいいんじゃないでしょうか。生命の喜び、毎日楽しんでいる生活そのものの喜びが伝われればいい。

宏ちゃんの絵はいわば縄文土器的なもの。機能だけではない生命そのものだと思うんです。作品自体が心を開いて、アートの世界を誰にでも分かる言葉に翻訳してくれているようなところがあります。大事なことがシンプルに表現されている。だからみんなが好きで、みんなが魅せられると思うんです。子どもたちに上手い作品を作らせようと思うと駄目なので、その過程でその子の「今」のベストな状態をストレートに出せるような作品を作るお手伝いをしてあげる。ちょっと後押しをすると子どもたちはぱっと開くので、そのへんが私たち指導者の役割だと思うんですね。

立体作品と一緒に

龍　なかなかこれがねー、自分もできないのに。

松澤　同時進行ですよ。自分だってできないんだから。自分もやりながら子どもたちもやるし、自分が常に描いてなくてはいけない。生徒さんたちもいわば同業者みたいなものでしょう。それに自分が描いてないと教えられないんです。自分が壁に当たって、悩んで、足踏みして「あー駄目だ。自分には才能がない！」と思って、どん底に落ちて、それでもやはり自分の力で立ち上がる。そういう過程を苦しんでいるから、子どもたちの苦しみも分かる。失敗してもいいじゃない。完成せんでもいい。今思うことをやりなさい。それがたとえ失敗しても次の一枚に生きてくる、と。「今が大事」だと失敗覚悟でやらせるんです。崖っぷちを飛び降りる勇気みたいなのがいる。そうすると、誰だって失敗したくないから用心深くて迷うんだけど、子どもなりに決断して「やっちゃえ」と。やればすごく進んで、良い作品ができるのね。「ほら、見てごらん。良い作品になったじゃない」って。そしたら生徒も目がキラキラ。

龍　普通、施設や学校でもよく絵を描かせますね。それとは少し違うのだろうなと思います。制作者という意識で一緒に作品を作るということで。

松澤　だって教育法が確立されているわけではないで

書作品

しょう。こういうパターンでノウハウがあって、こういうふうに教えたら、こんなに伸びますよー、なんてないので。体当たりですよ。

龍　お母さんの挑戦の仕方もとても素晴らしいと思うのですけど。

太田　今度、宏介とスキューバダイビングをしたいんです。沖縄にダイビングをする教室があって私もやってみたんですけど、海の中に入ったときにね、別の世界だと思ったんです。地上の世界があって、雲の上の世界があって、海の下の世界があると思ったら、この世界を宏介に見せたら、またワクワクするんじゃないかと思って、今、教えてもらっています。

松澤　最近、書も始めたでしょう。それだって根っこは一つ。枝、葉の一つなんですよね。

太田　私の知り合いに書の先生がおられ、宏介のことを話したら興味を持たれて、「連れていらっしゃい」って。まだ二、三カ月くらいで、続くかどうか分かりませんが。

龍　このあいだ見せてもらいました。すごく面白い書ができていましたね。私も一つ欲しい。

太田　不思議なんですけど、先生の筆は上等でとても柔らかいので、普通の人は書きにくいんですって。でも宏介はじっと見ていて、くにゃくにゃとすぐ書いてしまうのよ。字というより、一瞬に全体を見ているからかしら。先生が感心されて、「そうか、書き順を間違えたらいいんだ！」って（笑）。

❖家族のそれぞれ

龍　宏ちゃんも落ち込む時期があるでしょう。家族ではどのように対応していらっしゃるのでしょうか。落ち込んだときの自閉症のお子さんは、たとえば叫ぶとか、自分で自分を傷つけるとか、お母さんや家族をいじめる、言葉でいじめたり叩くとかあるでしょう？

太田　それはもう全部あります。ずっとあった。でも不思議なことにおばあちゃんが入院してからそれがないのよ。おばあちゃんが入院したときはショックだったみたいで、私が今から病院に行くと言うと、「宏介も行きます」と言って一緒に行くんです。

龍　おばあちゃんは宏介くんを小さなときからずいぶん面倒みてこられたんですね。

松澤　可愛がってあったもんね。四歳のときから同居してあるから、お母さんが働いている間、かなりおばあちゃんの世話になっていた。

太田　おばあちゃんも宏介のことをいつも言う。「宏介は一人で鍵を開けている？　一人で鍵を閉めている？　ごはんはどうなってる？」って。宏介もおばあちゃんのことが気になるみたいで。

龍　おばあちゃんが入院されたのはいつですか？

太田　今年の四月十日。

太田愛子

龍　それ以来、態度が変わったのですか？

松澤　自分を抑えているんですかね。わがまま言っちゃいけないと思っているのかな。

太田　思ってもいないことがこうやって起きるのだという……おばあちゃんはいつも守ってくれて、ずっと家にいてくれると思っていた。子どもは、死んだ人間が生き返ると思っているでしょう。仮面ライダーの世界だから。超合金の中で改造人間になっていつまでも生きているみたいな。でもこうやって具合が悪くなっていくということを身をもって分かった。成長したんだろうな、と。

龍　昔の言葉で「神妙になった」という言葉があるけれど、人の意志ではできないことに気づいて自分の中の心情が変化して素直になっていく。そんな感じがしますね。

太田　でも、自分が受け入れられなかったりするとパニックになるわけ。認められない、否定される、自分が思ったこととは違う、受け入れてくれない。そんなところからパニックは起きるんですね。それが納得できるとパニックにはならない。それができるようになった。

龍　おばあちゃんが家にいないということがどういうことなのか、心情的に納得しているわけでしょう？

太田　たぶんそうだと思う。

父・太田實と

龍　自分の生活の一部が欠けている。そしたら自分はもう少ししっかりしなきゃいけない、というようなことが出てきている。

太田　それをすごく感じます。夫の存在も大きいです。私が家にいないことが多いでしょう。結婚して三十五年ですが、夫は飲まないで帰ってきたことは一度もなかったのに、一昨年自分が病気したせいもあるけど、おばあちゃんが入院してからは飲まないでまっすぐ家に帰るんです。母親・ばあちゃんの両方の役を夫がしてくれる。宏介またパニクるかなあーと思ったんですけど。でも、二人の間にある種の空気ができて、なんか二人だけでのジョークがあるんです。お互いに言い合っていて、私が入り込めないくらい。「私、働く人、お父さん、家守る人」みたいな。

松澤　でも、いい機会を与えられたのかもしれない。お父さんと宏ちゃんの絆。

太田　すごくそれを感じます。ありがたいです。

❖お父さんが変わった

龍　絵の描き始めのころは、お父さんは全然無関心だったそうですね。

太田　そうです。宏介が習い初めの頃、先生のところで描いた絵を私が画鋲で壁に貼ってたんです。絵を見ていると元気になる感じですごくうれしかったんですけど、私が廊下にバーッと画廊のようにして飾るんだと言ってたら、「おまえ、馬鹿じゃないか」と。松澤先生が「ひょうたん島」（喫茶店）での初めての展示会の際に宏介の絵を売ると言ったときには、「はっ、誰が宏介の絵を買うか！」って。この画鋲の跡が付いて垢が付いた絵を額装して売ると言うと、「馬鹿じゃないか、そんなもん！」。値段を先生に付けてもらったら「一万円!?」。ところがあのとき、非売品以外の四十七点の絵がほとんど売れちゃったんです。Tシャツは五百枚ぐらい完売。そのとき夫がすごくびっくりしたんです。でも「お前が息子の絵を買ってよと、人間を集めたんだろう」という皮肉を言いました。
でも次の個展で宏介の絵がすごく喜ばれたときには少し手伝ってくれました。自分の身をもって感じたわけ。絵を見た人が喜んで、元気が出るとか、癒されるとか言われて、見ず知らずの人が宏介の絵を買ったという、それを体で感じて、毎年、毎年変わってきたわけです。そのうち説明する人になって……(笑)。「この絵はですねー」とか。

龍　私も感じたんですが、第一画集ができる前までは太田さんは売るということにすごく抵抗があったようです。「安いんじゃない?」と私が言ったことがあって、「画材にもお金がかかっているし、元手もかかっているんだから、もう少し付けていいよ」と言ったら、「大体、身障者の絵に値段を付けるということが間違っとらんか?」と目玉をぐりっとさせて言うの。

小倉での個展

私は「欲しい人がいる以上、それは売っていいのよ。身障者だろうが健常者であろうが一緒ですよ。ピカソと宏ちゃんの絵を並べてみて、こっちが良いと宏ちゃんの絵を選ぶ人もきっといるんだから」と言いました。
だけど、第一画集を出されたときのお父さんの印象がすごく強かったんですよ。そのときのお父さんの挨拶の中で「――私は宏介の画集ができて、最初に見たとき本当にうらやましいと思いました。普通の画家だったら、画集を持つことは一生に一度あるかないかぐらいのこと。ところが宏介は二十歳そこそこでこんな立派な画集を持つことができた。しかも周りからも認められた。本当の意味で男としてやきもち、嫉妬心を感じた。俺は今まで何をやってきたんだろうと思ったら、宏介に対してやきもちを焼いてしまった」という話をされていました。いかにも太田さんらしい、父親として非常にすばらしい挨拶だと思いました。

太田　あら、私はカケラも憶えていない。バタバタしてて(笑)。

龍　太田さんは昔から無愛想で、ちょっと話しかけると目をグリッとむいて「むむ」と言うだけ。物言うと損みたいな、ね。やっぱり「肥後もっこす」ですかね。

太田　そんなだけど、とても面白い文章を書くからね。

龍　ホームページの文章も感心して見ています。太田さんの文章だなあ、しみじみして面白いという感じ。

❖それも宏介

龍　宏介くんがパニックになるときも、お父さんが出てくると収まると言ってらっしゃいましたね?

太田　お父さんには危害を加えない。叩くのも私。

松澤　お母さんを叩くのは、一つは甘え。お母さんだったら受け入れてくれると思っている。そういう意味ではお母さんに全部出しちゃう。

太田　ご近所では奇声を発するから有名だと思います。いつもずーっとではないけど。一回起きたらまた一週間後とか。それが一時間ぐらい続く。ひどいときはもっと。よそから「うるさい!」と怒鳴られたことがあります。そのときは宏介はピタッと止みましたけど。ほんとうにご迷惑で申し訳ない。

龍　それはカタルシスの解消というか、溜まったものを吐き出すんですか。

太田　そう。やはり一人で外に出て行っている中で嫌なことだってある。

龍　それは人の目だとか?

太田　電車の中でいつも鼻歌を歌っているの。たまに私の職場の人間が「宏ちゃん、いたよ」と教えてくれる。「どうしてた?」と聞いたら、「電車でね、ちょっとしかない隙間の隣に可愛い女の子がいたから、座ってその女の子を見ながらフンフンって歌ってた」。それはもう、嫌なことを言われたりしているかもしれません。鼻歌を歌ってはいけません、というルールがあるわけでもない。おしゃべりしてはいけないかといえば、人はおしゃべりしている。なぜいけないのか、そのへんが分からないわけ。そんなことが多々あっているんじゃないかと思うんですよ。「嫌な眼で見られたなあ」、「嫌な言葉をかけられたなあ」というのは溜まっていると思うんです。そんなとき、何かをきっかけにワザと嫌なことをする。母親が嫌ということをワザとして、「ママ怒ってる?」、「怒ってないよ」、「いや、怒ってる!」。きっかけだけあればバーンと突いてくる。怒ってないと言っているけど怒ってるくせに、ホラーッ、という感じで。もう体当たりの毎日ですけど、それを無視すると駄目。もうちょっと向き合わないといけないと思って、このあいだ真剣に向き合ったら良くなりました。

龍　ウルトラマンとかゲームの世界の影響がありますか？　攻撃的な言葉として、「死ぬ」とか「殺す」、「殴る」とか。

太田　ありますね。「死ねー」、「殺すぞー」とかね。そこが怖いんですよ、自分たちもいつも。程度の差はあるけれど、何が起こるか分からない部分がある。そうなったときにどう対処するかが難しい。ここ四、五、六月は、この天候不順で洗濯物バトルがかなりありました。でも、会話で口げんか程度。パニックになるのかなーと様子を見ていたら、全然でした。「パパ、お帰りー」、それで緩衝ができている。

松澤　大人になったのねー。

太田　ま、思うようにならないこと、それも含めて宏介だから。

❖「工房まる」のこと、これから

龍　「工房まる」の仕事と絵の関係はありますか？

太田　焼き物は引き出物とかにけっこう使われていたり、お店で使われたり、販売もされたりしています。箸置きの「ピーナツくん」はよく売れています。ほかに陶芸をしたり、ポップなイラストを描いたりしているみたいですね。今、Tシャツ作りをしています。

龍　今度、第二画集に収める予定のマーカー画、あれは自発的に始まったんですか？

太田　先生のところで図鑑を見て描く習慣ができてから描くようになったんです。三十六色のマーカーが「工房まる」に置いてあるんですね。友達の女の子が描いていることもあって。今まで「先生のところだけじゃ

「工房まる」の教室

「ピーナツくん」を作る

なくて『まる』でも描いて」と言っても、「描きません」と言っていたのが、一人で描くようになったんです。

龍　あれはデザイナーやカメラマンたちに評判が良くて、扱う人はみんなショックを受けるんです。今度また画集のデザインをしてくれる後藤宏さんがすごくはりきっていて、「これまでと違うのにしようね」と。

太田　ありがたいですね―、ほんとうに。

龍　最後に、宏介くんの絵の特徴を。

松澤　そうですね。実際に見たものを宏ちゃん自身のかたちに置き換えて独特の野太い力強い線で構成する。色も実際のものには惑わされない。自分がこの色が良いんじゃないかというのを使う。それと混色の絶妙な色使い。必ず自分で調合して色を作り出すので、味わい深い色を要所に使って渋い色使いをします。対照的に強い原色の色と渋い色の両方を兼ね備えているので、派手なようで派手じゃない。気品があるの。

龍　ズラリと絵を並べて見ると、私にはどれも同じ力を持っていると感じられるんですが。いわゆる健常者の画家の絵だったら出来不出来というのがかなりあって、これが代表作みたいなことがありますね。ところが宏介くんの場合、ポストカードが何十枚も並んだ個展でどれもまんべんなく売れていくということは、どれも同じ力を持っているということじゃないでしょうか。これは私の勝手な推測ですが、そうすると「作品」という呼び方よりも、宏介くんのその時の「状態」、今の状態が絵になって表れているんだなという感じがするんです。

松澤　一点一点、心情が出ていますね。一つのパターンとして、宏介くんの絵の描き方には独特なものがあるので個性が強い。しかしその時の状態がやはり出てくるのかな。彼は芸術作品を作ろうと思っているわけではないので、完成度の高いものを作ろうと全然思っていない。その時その時の心の状態みたいなものをぶつけて、作品にしていっているのは確かだと思います。結果を求めていないので、過程のまま定着させているようなところがありますね。一つの状態がある程度続くと、同じようなパターンが増えてくる。またふっと変化が出ると、ぱっと絵が変わって、次のパターンに移る。何枚か同じシリーズが続いた後で、違う作品を展開しながら、大きな絵柄に変化してきた。そういうことがありますね。そしてこれからも変化するでしょう。先ほど言われたように、障がい者のアートというのが変わらないということはまったくない。変わっていける可能性がものすごくあると思います。

龍　状態が変化すれば、それに従ってかなり変化するわけですね。

松澤　そうですね。だんだん積み上げられて、その中から絵も変わってきたり、変わったことで意欲も出てきています。なにしろ以前は絵が好きじゃなかったからね。

龍　えーっ、そうなんですか。

太田　親が引っ張っていってそこから始まったから。途中、駄目だった時期やアトリエに行っても描かない時期もあったし、先生は「絶対無理させないで」とおっしゃって。それでもずっと継続してきたから、今は好きで楽しんでいるという状態がありますね。

松澤　出来上がったときは「先生、できました！」と言うから、達成感はあるようです。それは本人の喜びでもあるようですが、だからといって良い作品を作らなきゃいかんという欲はないのね。その時その時を正直に作品にしている。

龍　それってある意味、芸術家の理想でしょうね？

松澤　そうあらねばならぬのね。人間って愚かだから、いろんな情報にだまされて邪《よこしま》な考えにふらついて本質を忘れるんだよね。宏介くんはそういう大事なことを教えてくれる人です。

太田　「よくぞ先生と巡り合った。足向けて寝られん」と主人はいつも言っています。

松澤　表現ってありがたいですね。絵だけではなくて音楽でも何でもいいと思うんですが、表現力を身につけることで社会との関わりを持てたということが、芸術の可能性かなと思うんですね。

龍　今日はこのへんで。ありがとうございました。

（二〇〇六年六月二十七日、於太田宅）

太田宏介プロフィール

1981　6／6　宮崎県にて太田實・愛子の次男として生まれる。2歳のとき知的障害を伴う自閉と診断される。
1988　4　太宰府西小学校に入学。
1992　松澤造形教室に通い始める。
1994　4　太宰府西中学校に入学。
1996　8「マリンワールド海の中道・魚の絵コンクール」にて福岡県教育委員会賞を受賞。
1996　9　福岡市・大和銀行ロビーにて第1回目の作品展を開催（大和銀行創立50周年記念）。
1997　4　筑後養護学校高等部に入学。第2回作品展「がんばってます宏介展」を大野城市の喫茶店「ひょうたん島」にて開催。
1999　6　第3回作品展「つばくろは空切り裂いて夏開く　宏介ただ今18歳」を春日市「アートギャラリー珈琲珀」にて開催。
2000　3　筑後養護学校高等部を卒業。4　福岡市内にある福祉作業所「工房まる」に通所し始める。
2001　3／1～30　第4回作品展を東洋信託銀行福岡支店ロビーにて開催。7　水彩画「南方のくだもの」がエイブル・アート・ジャパン主催の「ワンダー・アート・コンテスト2001」に入賞、「大同生命月報」の表紙絵になる。7／17～22　第5回個展「宏介二十歳のかたち展」を福岡市・新天町「ギャラリーSEL」にて開催。7『太田宏介作品集』刊行（私家版）。9　東京六本木で開かれた「エイブルアート全国公募展」に入選。福岡鶴城ライオンズクラブ30周年記念ロゴ・マークに採用される。「福岡ホスピスの会」のロゴ・マークに採用される。キョーワズコーヒーのアイスコーヒー・ラベルにイラストが採用される。
2002　4　大野城市美術協会会員、同市文化連盟洋画部会員になる。7／15～8／31　第6回個展をホテルサンルート博多にて開催。8／22～9／1　第7回個展「花はしっかり愛携えて　宏介21歳個展です」を北九州市「クエスト小倉」にて開催。9／7～10／14　福岡市美術館企画「ナイーブな絵画展」にルソー、ピカソ、岡本太郎、山下清、谷口六郎などと共に2点展示される。

10 「日本ホスピス・在宅ケア研究会全国大会 in 九州」のロゴ・マークに採用される。

2004 3／25〜30 「太田宏介・井上美穂ジョイント展」を福岡市・新天町「ギャラリーSEL」にて開催。9／14〜19 第8回個展「太田宏介の世界」を春日市「アートギャラリー珈琲珀」にて開催。10 国民文化祭・ふくおか2004「とびうめ国文祭」で行われた「つなぐ！ ひとまちアートフェスティバル」作品展で入選、総合プログラムの表紙を飾る。

2005 6／4〜9／4 栃木県の「もうひとつの美術館」にて「サマーフォーラム2005〜福岡からいっぱい元気〜」展に作品出展、オブジェ作りワークショップに参加。8／18〜23 福岡国際空港国内線第三ターミナル2階ロビーにて「アートなつながり空港展」に参加。8／23〜28 福岡市・大名のギャラリー「おおくぼ」にて「アートのちから——六名の世界」開催。8 大阪赤十字病院患者さま向け情報誌『びりーぶ』2006年度表紙絵に採用。9 太田宏介ホームページ開設。9／6〜11 第9回個展「動物が好きになったよ！ 太田宏介展」を福岡市・新天町「ギャラリーSEL」にて開催。11／8〜13 福岡市美術館にて開催された「日本・中国・韓国 障害者の国際交流作品展」に2点展示される。

2006 1／16〜29 佐賀県江北町の福祉ギャラリー「ちゅうりっぷのうた」にて作品展開催。11 『太田宏介作品集 II——未知の可能性を求めて』刊行（私家版）。12／5〜10 第10回個展「太田宏介アクリル画展」を福岡市・新天町「ギャラリーSEL」にて開催。

2007 9／15〜18 中国・杭州にて「日中障害者芸術交流展」に招待出品する。

2008 8／26〜31 第12回個展「太田宏介書画展」を福岡市・新天町「ギャラリーSEL」にて開催。

2009 2／21 TV東京の90分特番『未来につなぐ』オムニバス、「絵と会話する青年」の部に出演。3・27〜4／5 第13回個展「太田宏介太宰府展」を太宰府市「観世スタジオ」にて開催。4・18 ケーブルテレビ『ドキュメンタリー 太田宏介の世界』出演。9／9 福岡市・今泉の「アフター・ザ・レイン」及び芦屋海岸にてアートライブ。

2010 4／23〜29 第14回個展「春爛漫展」を福岡市・西新「ギャラリーやまもと」にて開催。

2011 4／14〜28 第15回個展「大人になります宏介30歳の春」を大野城市下大利「レグラン」にて開催。12／6〜11 「太田宏介・井上美穂ジョイント展」を福岡市・新天町「ギャラリーSEL」にて開催予定。

父から孫たちへのメッセージ

太田信介

本書の出版につきましては、私が父に提案をしたことがそもそもの始まりです。父が定年退職した際、私は一言、「長い間、お仕事お疲れ様でした。今からは、宏介のことで何か俺に残せることをやってください」と頼みました。

それから父もいろいろなことを考えたと思いますが、まず最初に、宏介と真剣に向き合うことから始めました。それは私から言われたからではなく、それまでの勤め人生活の中で宏介と向き合う時間が少なかったことから、定年退職後はそれを〝仕事〟にしようと決めた感じでした。私は高校卒業後、実家を離れて生活をしていますので、基本的には父親との会話は少ないのですが、実家に帰ると私に宏介とのエピソードを熱心に語るようになり、宏介と向き合うことを楽しんでいると感じました。

私は宏介が大好きです。なぜなら、たった一人の弟だからです。しかしながら、弟が障害を持っていることをコンプレックスに感じていた期間は長かったのです。二十八歳ぐらいまでの私は、こんなに才能を持った自慢の弟なのに、障害を持っていることを友人や同僚にどう受け止められるか分からないので、弟について話すことはありませんでした。

そのようなコンプレックスを弾き飛ばすことができたのは、絵の才能以外にも宏介が私にないものを持っていることに気付いたからです。また、一般の社会人でもできていないことを、いとも簡単にやってしまえることが多々あるとも感じるようになりました。昨今、職場で元気に挨拶ができない人や、人に対して思いやりを持てない人が増えてきています。また、何かを始めようとした時、なかなか継続しないこともよくあります。その点、宏介は誰にでも元気に挨拶ができて、自分の利害などは全く考えないため優しさに満ちあふれています。そのお陰でいろいろな方に愛されるようになり、なかなか一般の社会人にはいない人間に成長しました。何より、「宏介の真似をして」と言われて困るのは私自身だと感じ始めました。こうしてようやく、宏介のことをカミングアウトできるようになったのです。

ちょうど六年前の三十歳の時、私は高速道路で交通事故に遭いました。私のスピードの出し過ぎが原因なのですが、会議に遅刻しそうだったので、一四〇キロの猛スピードで追い越し車線を走行中、横から車が出てきて、その車を避けようとしてガードレールに激突し大事故となったのです。しかしながら、奇跡的に他の車との衝突もなく、私自身も無傷でした（私の車は当然、廃車。ガードレールが曲がったほどです）。事故後に高速道路の脇でレッカー車を待っている時、奇跡的に無傷だったのは「宏介のためにもあなたは生きなさいよ」と誰かが私に伝えてくれた気がしてならなかったのです。

本書が出版される経緯に戻ります。私が本のことを言いだしたのは、きっかけとなる出来事があったからです。今から二年前の二〇〇九年、「未知の可能性と家族の絆」というタイトルで母親が講演（福岡県糟屋郡志免町主催）をすることになり、私も仕事が休みだったため聴きに行くことにしました。

会場には障がい者の方とそのご家族もたくさん居られ、私の隣にはダウン症と思われる十歳前後の男の子と四十歳ぐらいのお父さんが座っていました。講演が始まると、その男の子が二、三分ごとに擬声語を発します。そこでお父さんは子供を叩いて黙らせようとします。講演が終わるまでそれが繰り返し続いたのです。当然、静かに聴かないといけない場ではありますが、私は、叩かれる男の子に対する可哀相な想いと、「叩くのをやめてください！」という言葉をかけきらずに黙って座っている自分に情けなさを感じました。

講演が終わって冷静に考えてみると、叩いているほうのお父さんも、障害を持っている息子との接し方について相当悩んでいるのではないかと感じました。叩く行為を良いこととも、そのことで解決できるとも思っていないでしょうが、「どうしていいのか分からない」というのが本音だと思いました。

平成十八年の『障害者白書』によると、国内の精神・知的の障害を持っている方は約三百万人。同じような迷いを持つ家族の方や障がい者の方との接し方に悩む方も多いだろうと思います。そこで、障害を持っている宏介と太田家族がどのように接してきたかをお伝えすれば、そうした方々にいささかなりとも参考になるのではないかと考えたのです。

宏介が三十歳を迎える際には大きなアクションを起こそうとも考えてきましたが、まずは父に本を書いてもらおうと思いました。冒頭にも述べましたが、父が定年退職した後に「今からは、宏介のことで何か俺に残せることをやってください」と依頼したのは、まさしく宏介の存在を多くの人に伝えてもらいたいという私の願いでもあります。しかしながら、何にでも協力的でプラス思考の母親が、今回は悲観的だったのです。なぜならば、「あの面倒なことが大嫌いで頑固な夫が、素直に本を書くなんて思えない。あなたが説得しなさい」と言うのです。

そこからが大変でした。今まで一度もなかったことですが、私は父と二人きりで近くの居酒屋に飲みに行くことにしました。だいぶ酒が入った時、本を書いてもらう話をしました。その時父ははとにかく機嫌が良くて、返事はありませんでしたが、前向きではありました。ただそれからは、何を言っても「俺は面倒なことが嫌いだ！」の意思を曲げず、頑固一徹の状態が続きました。

そこで、私は最後の賭けに出ました。父には孫が三人（姉のほうに二人、私のほうに一人）います。当然ながら父は孫たちを愛してやまないのです。その孫に対する愛の力を借りよう、と私は考えました。「お父さんが生きている間に、宏介とどのように接したかを、孫に形として残してよ。特に侑希（私の長男、現在一歳十カ月）は太田家の長男として生きていくわけだから、宏介のこともちゃんと伝えてやってください」と私は熱く語りました。ようやく父は、渋々本を書くことを承諾してくれました。

この本には、父から孫たちへのメッセージが述べられていると思います。十数年後、孫たちにとっては最も大事なことを教える教科書となってくれることを切実に願いたいのです。

（太田 實 長男）

二〇一一年八月

太田　實（おおた・みのる）1946年，熊本県に生まれる。1969年，西南学院大学経済学部を卒業し，印刷会社に就職。2007年，定年退職し専業主夫，現在に至る。太宰府市在住。

編　　集：龍　秀美／別府大悟
編集協力：松澤佐和子
撮　　影：長谷川恵一
撮影協力：工房まる／レ グラン

自閉《じへい》の子《こ》・太田《おおた》宏介《こうすけ》30歳《さい》
これからもよろしく

❖

2011年10月12日　第1刷発行

❖

著　者　太田　實
発行者　別府大悟
発行所　合同会社花乱社
　　　　〒810-0073 福岡市中央区舞鶴1-6-13-405
　　　　電話 092(781)7550　FAX 092(781)7555
　　　　http://www.karansha.com
印　刷　秀巧社印刷株式会社
製　本　篠原製本株式会社
ISBN978-4-905327-10-3

『太田宏介作品集』（A 4 判変型／並製／84ページ）定価2625円
『太田宏介作品集 II』（A 4 判変型／並製／84ページ）定価2500円
＊お問い合わせ・ご注文は下記へお願いします。
〒818-0136 福岡県太宰府市長浦台 4－8－16　太田　實
電話 092（921）3027　FAX 092（922）0617